LA COMPOSITION
DE SALAMMBÔ
D'APRÈS LA
CORRESPONDANCE
DE FLAUBERT

PAR

M. GEORGES DOUBLET

ANCIEN MEMBRE DE L'ÉCOLE D'ATHÈNES

Professeur de Rhétorique au Lycée de Foix

TOULOUSE
PRIVAT, ÉDITEUR
45, RUE DES TOURNEURS, 45

—

1894

FOIX. IMPRIMERIE GADRAT AINÉ

LA COMPOSITION DE SALAMMBÔ D'APRÈS LA CORRESPONDANCE DE FLAUBERT

CHAPITRE PREMIER

LE GOÛT DE FLAUBERT POUR L'ARCHÉOLOGIE

Dans les œuvres de M. José-Maria de Herédia, tous ceux qui vivent dans les Pyrénées, auront particulièrement remarqué les *cinq sonnets épigraphiques,* datés de Luchon et inspirés, l'un par une dédicace au dieu Ilixon et par une au dieu Iscitt, le second par une aux Nymphes Augustes, le troisième par une « au dieu Hêtre », le quatrième et le cinquième par une « aux Montagnes divines » et par une « au dieu Garr ». Le poète a bien décrit ces pierres votives, et notamment

« . . . . sur le cippe romain
« Le vase libatoire auprès de la patère ».

Non qu'il ait mis en vers, dans ses *Trophées,* toute l'épigraphie de Luchon, des *Aquae Onesiorum.* Les érudits trouveraient qu'il leur manque plusieurs dieux de ce pays en particulier, Abellion, Exprcenn, Aherbelst, Alardoss, Baicorrix, etc...; et en général, à plus forte raison, beaucoup des divinités pyrénéennes que les savants ont signalées. Chose curieuse (1) : l'autel d'Ilixon (le dieu topique de Luchon), que cite le poète du *Vœu,* se trouve au musée de Beauvais. Celui d'Iscitt, que possède le beau musée de Toulouse, porte aussi la patère et « le vase libatoire », comme celui des Nymphes, qui orne la salle des Pas-Perdus des Thermes de Luchon. C'est dans une collection particulière que le poète semble avoir vu l'ex-voto du Hêtre divinisé, le cippe de la montagne de Garr consacré par l'esclave Geminus pour lui et pour ses compagnons de servitude, l'autel des Montagnes divines voué par l'esclave Sabinula.

Cette fantaisie de cinq *sonnets épigraphiques* est

(1) Du moins j'ai sous les yeux Julien Sacaze, *Epigraphie de Luchon*, Paris, Didier, 1880 ; et ses *Inscriptions antiques des Pyrénées*, Toulouse, Privat, 1892, p. 391 n° 321, p. 446 n° 359, p. 400 n° 326, p. 399 à propos du n° 325.

peu de chose auprès de ce que Flaubert nommait sa « truculente facétie..., d'un dessin farouche et extravagant », œuvre d'art non moins que d'érudition, et où il avait montré autant de conscience comme chercheur que d'enthousiasme comme artiste : *Salammbô*. Pourtant, si l'on en croit ce qu'il répliquait à M. Froehner, alors rédacteur de la *Revue Contemporaine*, il n'avait « aucune prétention à l'archéologie. J'ai », écrivait-il le 21 janvier 1863, « donné mon livre pour un roman, sans préface, sans notes ».

⁂

Cette déclaration, précise plutôt que sincère, semble aussitôt contredite par la discussion qui suit. C'est une controverse vraiment archéologique, une apologie armée de notes, bourrée de citations. Le littérateur trahit, comme malgré lui, ce qu'eût voulu dissimuler le romancier. Est-ce bien l'artiste de style qui s'irrite du jugement porté sur la forme de son œuvre, ou l'archéologue, sur le fond ? Flaubert se soucie peu, dit-il à M. Froehner, « des formes amères employées, des critiques vagues, des appréciations personnelles, de l'examen littéraire du livre. Je n'y ai pas même fait allusion. »

Mais l'érudit est plus vivement atteint qu'il ne voudrait le laisser paraître. Ce n'est plus en romancier qu'il cite complaisamment les sources où il a puisé. Pourquoi défendre, sinon en qualité d'archéologue, avec preuves à l'appui, la reconstitution du *Zaïmph ?* Pourquoi insister sur ce que le manteau miraculeux a été « décrit par Athénée, acheté à Denys l'Ancien 120 talents, porté à Rome par Scipion Emilien, reporté à Carthage par C. Gracchus, puis à Rome sous Héliogabale, enfin vendu à Carthage » ? Est-ce en guise de romancier que Flaubert se donne mille peines pour sauver de la critique la réfection de la statue de Moloch, ou bien l'architecture du temple de Tanit, ou encore la topographie de Carthage ? Est-ce comme simple littérateur qu'il veut nous démontrer l'authenticité des moindres détails de son poème archéologique, où M. Froehner vient de relever, en 1863, mille choses qu'il juge inexactes, et de les railler ? Par exemple, « les oreilles des éléphants peintes en bleu, les hommes qui se barbouillent de vermillon et mangent de la vermine, les Lydiens en robes de femmes, les escarboucles de lynx. »

Il semble donc que ce soit un plaidoyer archéologique, bien que Flaubert ait préalablement renié toute prétention à l'archéologie. Ce n'est pas, au sens rigoureux du mot, une apologie littéraire.

M. Froehner y répondit. L'auteur de *Salammbô* riposta, et cela dès le mois qui suivit cette seconde attaque ; il écrivit une deuxième lettre, beaucoup moins développée que la première. Ce court billet, du 2 février 1863, fut adressé à Adolphe Guéroult, alors directeur de l'*Opinion Nationale*. Pouvons-nous y voir autre chose que le plan — succinct, il est vrai, — ou plutôt le résumé d'une véritable défense d'érudit, d'archéologue, mais non de littérateur, de romancier ?

Aucune prétention à l'archéologie ! Et la réplique adressée par Flaubert, en décembre 62 à Sainte-Beuve, qui avait cessé en 1861 d'enseigner à l'Ecole Normale ? M. Brunetière explique l'origine de l'étonnement que le romancier sentit « en présence de la critique si modérée, si bienveillante, si complaisante ». Cette réponse semble prouver que ce ne sont pas seulement les mérites littéraires de sa fantaisie qui lui tiennent au cœur. Sans doute Flaubert insiste sur le type de son héroïne, « clouée par l'idée fixe, une maniaque, une espèce de Sainte-Thérèse ». Evidemment il se rend un assez juste compte des beautés de son style, qui, si nous l'en croyons, « sacrifie moins à la rondeur de la phrase et à la période que dans *Madame Bovary* ». Ce roman avait paru en 1857 ; et, comme l'a dit M. Brunetière, « ce n'est peut-être pas toujours, dans les lettres, ni nulle part, une si bonne fortune que de débuter bruyamment, avec fracas, éclat, demi-scandale, et de s'imposer ainsi d'abord, de haute lutte, à l'attention publique ».

Ce que Flaubert entend prouver, même au spirituel auteur des *Nouveaux Lundis*, c'est qu'il n'a point fait « une Carthage fantastique. Les documents existent. Il faut aller les chercher un peu loin. » Est-ce donc le romancier, n'est-ce pas plutôt l'archéologue, qui vient *confesser* (le mot est de lui) que son aqueduc est « une lâcheté : *confiteor* »? Certes Flaubert déclare, comme en passant, qu'il « se moque de l'archéologie ». Mais aussitôt après une telle affirmation, dont les lecteurs sont presque autorisés à révoquer en doute la sincérité, il ajoute cette phrase bien caractéristique: « Si les costumes ne sont pas appropriés aux usages, et les architectures, au climat, je suis dans le faux. » La lettre à Sainte-Beuve, de même que celle à M. Froehner — ou peu s'en faut, — est une sorte de panégyrique scientifique. Il est malaisé de ne pas y voir l'œuvre d'un ami des choses archéologiques; comme tel il ne réussit guère à se cacher derrière l'artiste de style. Que l'on se rappelle seulement la manière dont il cite les Inscriptions d'Hamaker, le Tarif de Marseille, le Périple d'Hannon « échenillé par un grec », la tombe royale d'Eschmounazar « si emphatique et si redondante, » les parfums enfin dont on « pénétrait, empoison-« nait littéralement Judith et Esther: sentez-les, « humez-les donc dans la Bible », — Ammien Marcellin, Corippus, tant d'autres écrivains dont il sera question ailleurs.

***

Les trois lettres adressées à Sainte-Beuve, à M. Froehner, à Guéroult, et que les éditeurs de *Salammbô* ont,et avec raison, jointes en appendice à l'édition définitive du roman, comptent parmi les plus précieuses qui restent de Flaubert. Mais ce ne sont pas les seules preuves qui nous attestent visiblement le labeur archéologique auquel s'était voué le romancier. Il s'y joint d'autres témoignages des véritables joies d'archéologue qui avaient animé son esprit et séduit son imagination, durant la période où il préparait ce qu'il appelle d'ailleurs dans tel autre de ses billets « une truculente facétie ». La correspondance de Flaubert,dont nous devons depuis quelques années la publication à l'admiration de sa nièce, est des plus instructives à ce sujet. Les amateurs de *Salammbô,* ce « gros livre, où l'on a voulu « fixer un mirage en appliquant à l'antiquité les pro« cédés du roman moderne », ont appris bien des choses curieuses à lire les volumes de cette correspondance, notamment le troisième.

Un des collaborateurs de la *Revue Bleue* a pu dire que Flaubert y écrit, en quelque sorte, *Salammbô* sous nos yeux. Suivre d'abord les premiers essais de composition du roman, puis le voyage que l'auteur entreprend à travers une partie de l'Afrique du Nord, ensuite la rédaction définitive de son livre, chapitre par chapitre ; rappeler aussi le grand nombre des ouvrages qu'il avouait avoir consultés et qu'il nous fait lui-même connaître ; enfin, indiquer l'esprit dans lequel l'ouvrage a été publié : c'est ce que nous voudrions exposer d'une façon sommaire dans cette étude.

J'y avais pensé quelquefois, lorsque j'étais en Afrique et que je m'occupais de l'archéologie de là-bas. Dans les collections algériennes d'Alger même et de Constantine, dont le Ministère m'avait chargé d'étudier, de reproduire et de faire connaître les principales curiosités, dans les musées tunisiens du Bardo et de Carthage, que j'ai visités souvent, il me semblait que les efforts de l'illustre romancier étaient au moins curieux. Toutes les lettres de Flaubert n'étaient pas encore connues, lorsque, du haut de ma terrasse arabe, non loin des souks de Tunis, je regardais, au-delà du lac, les arbres de la Marsa qui remplacent « Mégara, faubourg de Carthage, et les jardins d'Hamilcar, » ou bien les collines dominées par la basilique primatiale de Saint-Louis qui a été substituée au temple d'Eschmoûn « où l'Annonciateur-des-Lunes veillait toutes les nuits et signalait avec sa trompette les agitations de l'astre. »

Maintenant que la correspondance de Flaubert est éditée, les touristes qui vont en Tunisie songent-ils qu'ils parcourent des routes visitées jadis par lui ? Du moins ceux qui traversent dans les wagons du Bône-Guelma la vallée de la Medjerda, ce bassin du Bagradas autrefois si cher au grand érudit Charles Tissot ; ceux qui montent à Souk-el-Arba dans la modeste diligence du Kef ; ceux qui chevauchent de Medjez-el-Bab ou de Béja jusqu'à Teboursouk et de là jusqu'au village de Dougga ; ceux enfin qu'une confortable voiture, conduite par un Maltais, mène de Tunis à Utique ?

Peut-être y a-t-il quelque intérêt à montrer, par le détail, quel a été le labeur de Flaubert dans la composition de sa *Salammbô*. Joindre quelques notes à tout ce qui a déjà été dit sur les curieux volumes de sa correspondance, publiée de nos jours, — tel a été notre unique objet.

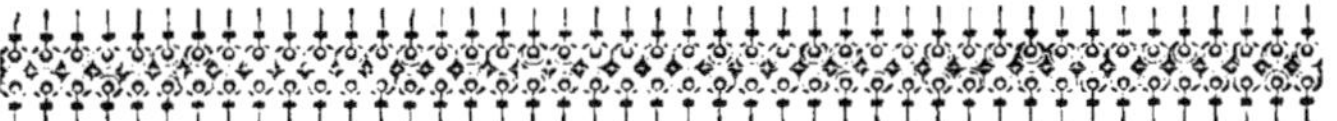

CHAPITRE II

LES PREMIERS ESSAIS DE COMPOSITION DE **Carthage** (1857)

Salammbô n'a pas été composée seulement à Croisset, dans ce joli village des environs de Rouen où s'est écoulée la plus grande partie de la vie de Flaubert. Mais, si plusieurs pages ont été préparées à Paris et même en Afrique, presque toutes furent écrites dans ce paysage normand que nous fait si bien connaître la correspondance de George Sand. Quelques années après la publication du roman, elle ne cessera de louer ce qu'elle appelle « l'intérieur de chanoine » de Flaubert, sa maison, son jardin, sa « *citadelle* » (10 août 1866), sa « ravissante chartreuse de bénédictin » (21 septembre 1866), sa « villa charmante », son « antre » (21 juin 1868). Elle en aimera tout, « les bois, les prés, les pommiers, les livres et les bibelots de la maison, le tulipier et les pivoines du jardin ». Mieux que Flaubert peut-être, elle goûtera, grâce à ce que

M. Bourget nomme sa puissance de soumission et d'impersonnalité, le charme de ce village de Croisset, « triste et froid d'aspect, mais beau et très beau, où la Seine est un peu sinistre malgré ses frais rivages, avec les coups de la marée, les saules toujours baignés et débaignés (10 août 1866) ; le grand fleuve avec ses cris de vapeurs, qui coule noir ou gris sous la fenêtre, disant : Toujours ! Toujours » ! (22 novembre 1865 et 28 septembre 1866) ; et jusqu'à ce qui faisait le désespoir du romancier, « la chaîne infernale, le fantastique grincement de la chaîne » des remorqueurs (22 novembre 1865 et 21 juin 1868). C'est dans ce milieu, si cher à George Sand, que *Salammbô* a été lentement écrite.

Flaubert a trente-six ans. Il a publié son premier roman avec une sorte de succès de scandale. De son nouveau sujet, il commence par entrevoir assez mal les lignes principales. Ce qui le soutient et l'encourage, c'est l'étrangeté du plan qu'il a jeté sur le papier. Tantôt il en parle avec ironie, tantôt même avec une sorte de haine. Sa table est déjà chargée de livres qui l'ennuient ou le rebutent. Ces lectures lui semblent aujourd'hui fastidieuses, demain effroyables. D'une espèce de dégoût il passe à de l'affolement. Rien n'est encore précis dans ses idées. La singularité de la besogne qu'il s'est imposée, se trahit au cours de sa correspondance.

Dès le mois de mars 1857, Flaubert, qui est encore à Paris, avise Mlle Leroyer de Chantepie qu'il est occupé, « avant de retourner à la campagne, d'*un* « *travail archéologique* sur une des époques les plus « inconnues de l'Antiquité. Je vais écrire », dit-il, « un roman dont l'action se passera trois siècles « avant Jésus-Christ ». — *Un travail archéologique !* Il déclarera bien haut, plus tard, qu'il n'a jamais eu l'idée d'entreprendre rien de tel. Mais l'aveu est indéniable. Comme preuve de ses longues lectures, et comme indice de la sorte d'ennui qu'elles lui causent, il suffit de relire une lettre à Jules Duplan qui n'est pas exactement datée. « Je suis perdu dans « les bouquins et je m'embête ; car je n'y trouve pas « grand'chose. J'ai déjà, depuis une semaine, abattu « pas mal de besogne, mais il y a des fois où ce sujet « de *Carthage* m'effraie tellement, par son *vide*, que « je suis sur le point d'y renoncer ». Son esprit flotte ; il ne sait trop où aller, que faire. Avec de tels aveux, M. Bourget a-t-il tort de trouver que le symbole « transposé » de ce que fut Flaubert lui-même, ce sont les personnages « déséquilibrés » par la Littérature, la parole ou la lecture ? Ainsi Emma et Frédéric qui ont lu des romans et des poètes ; Salammbô qui s'est repue des légendes sacrées de Schahabarim « le savant » ; saint Antoine qui s'est enivré de discussions théologiques.

⁂

Le voici de retour à Croisset, avec les beaux jours. Il ne quittera plus les rives de la Seine que pour aller en Afrique. Le travail est de plus en plus pénible. Les livres de tout format et de toute sorte vont et viennent dans ses mains. Flaubert semble se consacrer à l'étude de sciences où il n'entend rien. Déjà il se préoccupe de l'impression que *Carthage* produira. Il semble se douter qu'on l'accusera d'avoir écrit des invraisemblances. A la fin de la belle saison, il ébauche des chapitres qu'il supprimera dans quelques mois. Au prix de mille fatigues, « *le travail archéologique* » dont il était épris paraît dévier et tourner à ce qu'il nomme « de l'art pur ».

Veut-on se faire une idée assez nette de ce qu'il appelle lui-même ses études archéologiques ? — « J'ai une indigestion de bouquins, écrit-il à Duplan. « Je rote l'in-folio. Voilà cinquante-trois ouvrages « différents sur lesquels j'ai pris des notes depuis « le mois de mars..... J'ai bientôt tout lu..... Si « Crépet était un brave, il passerait à l'Institut ou « bien rue de Seine, 2, et ferait de ma part une « révérence et mille remerciements à M. Alfred

« Maury (1), bibliothécaire de l'Institut, lequel tient « à ma disposition un mémoire sur l'Orichalque de « Rossignol » (2). Il s'adresse aussi à son camarade d'enfance, son intime ami, Louis Bouilhet, qui venait de publier l'année précédente, en 1856, le conte romain de *Melænis*. L'ouvrage, dont Théophile Gautier se plut à parler dans son Rapport de 1867, avait eu un vif succès. « Bouilhet était un poète dans la forte acception du mot. Sa passion l'entraînait vers l'école romantique, tandis que son instruction était essentiellement classique. C'est l'humaniste le plus fort que j'aie connu », dit M. Maxime du Camp. « Les belles-lettres grecques et latines ne lui avaient rien caché de leur grandeur. *Melænis*, qui date de sa vingt-sixième année, est un chef-d'œuvre qui seul suffirait à glorifier sa mémoire » (3). A son ami Bouilhet, Flaubert déclare nettement qu'il va en finir

(1) Alfred Maury (aujourd'hui remplacé à l'Académie des Inscriptions par le directeur de l'École d'Athènes, M. Homolle) était sous-bibliothécaire de l'Institut depuis 1844 ; il devait remplacer en 1862 Guigniaut dans la chaire d'histoire et de morale au Collège de France. Les trois volumes de sa *Religion de la Grèce antique*, publiés de 1857 à 1860, serviront à Flaubert.

(2) Rossignol (aujourd'hui remplacé par M. Louis Havet), appartenait à l'Académie des Inscriptions depuis 1853 ; il professait la Langue et la Littérature grecques au Collège de France depuis 1855. Son *Orichalque* datait de 1852 ; il devait donner en 1861 ses *Métaux dans l'antiquité*.

(3) Maxime du Camp, *Th. Gautier*, dans la collection *Les grands écriv. fr.*, Paris, Hachette, 1890, p. 72 sq.

« avec ces satanées notes ! J'ai encore trois volumes « à lire, et puis c'est tout. Je n'apprends plus rien « du tout ».

Mais ses lectures ne sont pas terminées, comme il veut bien le croire. Plus de repos désormais. « Ma table est tellement encombrée de livres que « je m'y perds. Je les expédie rapidement, mais « il faut que je me livre, par l'induction, à *un* « *travail archéologique* formidable. Je suis en train « de lire un mémoire de 400 pages in-quarto *sur le* « *Cyprès pyramidal*, parce qu'il y avait des cyprès « dans la cour du temple d'Astarté. Cela peut vous « donner, dit-il à Duplan, idée du reste ». — A son tour, c'est Feydeau qui est mis au courant de ce que Flaubert nomme un « formidable » dépouillement de livres. « Je laboure la Bible de Cahen, les « *Origines* d'Isidore, Selden et Braunius : voilà ! J'ai « bientôt lu tout ce qui se rapporte à mon sujet de « près ou de loin ».

A mesure qu'il le médite avec plus de soin, il devient très exigeant. Nous le voyons retourner à Eugène Crépet un volume de l'*Encyclopédie Catholique* dans lequel il juge qu'il n'a rien trouvé. « Cela est pris partout et trop élémentaire. J'en sais, « Dieu merci, plus long ; ce qui n'est pas dire que « j'en sache beaucoup. Si vous découvriez autre « chose comme gravures, dessins, etc... envoyez-les « moi ; si vous connaissez aussi quelque bouquin « *spécial* sur les mercenaires, faites m'en part ». Tout ce travail de préparation l'agace, il n'y a plus à en douter. Un jour il déclare qu'il en a fini avec ses notes. Une autre fois, il avoue que l'archéologie de son livre sera « probable.... Je donnerais la demi-« rame de notes que j'ai écrites, et les quatre-vingt-« dix-huit volumes que j'ai lus, pour être, pendant « trois secondes seulement, émotionné réellement « par la passion de mes héros. Au livre de Cahen, je « préfère cette vieille *Vulgate* à cause du latin : « comme ça ronfle » !

Mais dès qu'il prend la plume, ce sont des scrupules d'érudit qui le ressaisissent. Le supplice des lectures savantes recommence. C'est ce que prouve une lettre à Feydeau, où de telles angoisses ne se dissimulent même pas... « J'accumule notes sur notes, « livres sur livres, car je ne me sens pas en train. Je « suis perdu dans Pline que je relis, pour la seconde « fois de ma vie, d'un bout à l'autre. J'ai encore « diverses recherches à faire dans Athénée et dans « Xénophon. De plus cinq à six mémoires dans « l'Académie des Inscriptions. Et puis, ma foi, je « crois que ce sera tout ». Tout cela est confirmé dans un billet à Duplan, où il s'avoue « présente-« ment échiné par des lectures puniques. Je viens de « m'ingurgiter de suite les dix-sept chants de Silius « Italicus, pour y découvrir quelques traits de « mœurs. Ouf ! »

Ce n'est pas seulement l'archéologie qui l'intéresse, et même jusqu'à le fatiguer. « J'étudie maintenant

« l'art militaire, écrit-il à Duplan. Je me livre aux « délices de la contrescarpe et du cavalier. Je pioche « les balistes et les catapultes. Je crois enfin pouvoir « tirer des effets neufs du tourlourou antique ». Il semble que Feydeau l'ait alors accusé de ne rien connaître en botanique. « Ignorance crasse » ! réplique-t-il. « Je te f..... une flore tunisienne et méditerranéenne très exacte. Mais il faut auparavant « l'apprendre. Sache d'ailleurs que j'ai eu un prix « en botanique ». Plus tard, il déclare que pour ce qui est de la botanique, il s'en moque complètement. « J'ai vu de mes propres yeux toutes les « plantes et tous les arbres dont j'ai besoin. Et puis « cela importe fort peu ».

A la botanique il joint un peu de chimie. « J'écris, pour *koh'heul*, antimoine ; je vous épargne sulfure : ingrat ! — Je dis *lauwsonia* au lieu de henneh ; j'ai même eu la complaisance d'écrire *lausonia* par un U (ce qui est une faute), et de ne pas ajouter *inermis* (ce qui eût été plus précis) » (Lettre à Sainte-Beuve). —« On écrit molobathre ou malobathre ou malabathre très bien, ne vous en déplaise »(Lettre à M. Froehner).

Archéologie, art militaire, botanique, érudition : tel est alors le programme des études que Flaubert, dès cette date, fait à Croisset. Tout cela ne lui donne pas la tranquillité de l'esprit. Même avant d'avoir écrit définitivement un chapitre, fût-ce même un simple alinéa, il prévoit les critiques. Un jour il déclare à Crépet, en termes fort précis, qu'on ne pourra pas

« lui *prouver* qu'il a dit des absurdités ». Le lendemain il avoue à Feydeau qu'il est « un peu remonté, « à la surface du moins. Car au fond je suis bougre- « ment *inquiet*. Plus je vais, plus je deviens poltron. « *Je n'ose plus* ». Et le surlendemain il ne lui dissimule pas qu'il se sent « *malade* par suite de peur. « Toutes sortes d'angoisses m'emplissent.... Pourvu « qu'on ne puisse pas me *prouver* que j'ai dit des « absurdités : c'est tout ce que je demande ».

Sous l'entassement de ces notes archéologiques, le pauvre sujet a presque disparu. Il n'est pas encore question de Salammbô. C'est *Carthage*, Carthage prise en général, qui fascine Flaubert. Il avoue à Duplan qu'il ne tient pas encore le cadre de son roman. « Le « paysage est encore bien vague : je ne *sens* pas « encore le côté religieux. La psychologie se cuit « tout doucement, mais c'est une lourde machine à « monter. Je me suis jeté là dans une besogne bou- « grement difficile. Je ne sais quand j'aurai fini, ni « même quand je commencerai...... Je tiens cepen- « dant à *Carthage*. Et coûte que coûte, j'écrirai cette « truculente facétie ».

Ce qu'il sait le mieux, c'est qu'il se gardera bien de la rédiger selon certains dogmes littéraires d'alors. Nous l'apprenons aux dépens d'un illustre peintre de qui l'on a parfois apprécié la poésie rêveuse et le coloris animé. « Il y a toute une école de peinture, « qui, à force d'aimer Pompéi, en est arrivée à faire « plus rococo que Girodet ».

Le tout est d'entreprendre le roman. « Dès le commencement d'août », écrit-il en 1857 à son ami Duplan, « je me mets à *Carthage ;* j'ai bientôt tout « lu. On ne pourra pas, je crois, me *prouver* que « j'ai dit, en fait d'archéologie, des sottises : c'est « déjà beaucoup ». Ailleurs il lui dépeint exactement ce que M. Brunetière a appelé l'effort stérile d'un grand talent qui se fourvoie. Flaubert déclare qu'il voudrait bien « commencer avant un mois ou deux » ; à Feydeau, qu'il entamera « probablement *Carthage* dans un mois » ; et dans une autre lettre, qu'il va « s'y mettre cette semaine : il faut bien se résigner « à écrire... Tout est là : *oser !* Ce qui n'empêche pas « que ce roman ne soit la preuve d'un toupet exor- « bitant. Et puis, comme le sujet est très beau, je « m'en méfie énormément, vu que l'on rate générale- « ment les beaux sujets. Ce mot d'ailleurs ne veut « rien dire : tout dépend de l'exécution. L'histoire « d'un pou peut être plus belle que celle d'Alexan- « dre ».

L'automne avance. Feydeau s'impatiente. Il a demandé communication des premières pages qui seront écrites sur *Carthage.* « Je ne te montrerai « rien avant que la dernière ligne n'en soit écrite, « parce que j'ai bien assez de mes doutes sans avoir « par-dessus ceux que tu me donnerais. Tes obser- « vations me feraient perdre la boule ».

Que penseront les archéologues de profession, de la phrase suivante, où se révèle l'un des plus étranges désirs du grand romancier ? « Je paierais je ne « sais quoi pour avoir, écrit-il à Crépet, la reproduc- « tion d'une simple mosaïque *réellement* punique. Je « crois néanmoins être arrivé à des probabilités ».

***

L'hiver de 1857-1858 diffère assez peu de l'été et de l'automne occupés à tout ce travail préliminaire. Le 4 novembre, Mlle Leroyer de Chantepie est expressément informée que Flaubert a commencé « un « roman antique, il y a deux mois. Je viens de finir « le premier chapitre. Je n'y trouve rien de bon. Je « me désespère là-dessus jour et nuit ». Voilà bien le *cri de forçat* dont parle M. Bourget. Avec les soirées d'hiver, l'archéologue de Croisset a peu changé d'avis sur l'œuvre entreprise. La besogne ne lui plaît guère. Ce n'est plus l'époque où il avouait à Feydeau que, depuis six semaines, il reculait « comme un lâche devant *Carthage* ». A Duplan il écrit qu'il est « dans *Carthage*. Je vais tâcher de m'y enfoncer « le plus possible. Ce sera plus amusant et plus « compréhensible que *Saint-Antoine* ».

« *Saint-Antoine* », on le sait, ne paraîtra que dix-sept ans plus tard, en 1874. En novembre 1872,

George Sand demande à Flaubert si ce livre « sujet immense, va déployer ses ailes sur l'univers entier ». En 1873, elle lui dit qu'il eût fallu l'entendre lire en Auvergne, dans de beaux endroits et « des combinaisons volcaniques bizarres ». Dès 1857, Flaubert y songeait de loin en loin : il a mis près de dix-sept ans à l'achever. Sa *Carthage* lui semble un peu plus « amusante et compréhensible » que sa *Tentation* ; mais cela ne l'empêche pas de confier ce qui lui reste de peines et d'inquiétudes à Mlle Leroyer. Le 12 décembre il lui écrit que ce qu'il a entrepris, « c'est un maudit travail. Je n'y « vois que du feu. Je *sens* que je suis dans le faux, « et que mes personnages n'ont pas dû parler comme « cela. Ce n'est pas une petite ambition que de vou- « loir entrer dans le cœur des hommes qui vivaient « il y a plus de 2000 ans ».

⁂

Au commencement de 1858 Flaubert a momentanément quitté Croisset. Il est rentré à Paris. C'est de là qu'il envoie à Mlle Leroyer, sous la date du 23 janvier, la lettre suivante. « Le livre que j'écris

« maintenant, sera tellement loin des mœurs mo- « dernes qu'aucune ressemblance entre mes héros « et les lecteurs n'étant possible, il intéressera fort « peu. Ce sera de l'art pur. Les gens du métier qui « connaissent mes intentions, sont effrayés de la « tentative ». Nous n'en savons pas plus long sur l'emploi de cet hiver de 1857-1858 où le grand écrivain préparait l'un de ses chefs-d'œuvre. C'est de cette période, où il voyait peu clair dans son travail, qu'il dira plus tard, dans une lettre adressée le 16 janvier 1859 à Madame Schlésinger, que le temps s'en est « passé dans les hésitations, tourments et « dérangements infinis ». Alors il forme un projet auquel il s'attache : voir l'Afrique. Il y avait déjà songé vaguement. Une de ses lettres à Bouilhet, datée d'avril 1851, montre que, revenant d'Egypte, de Turquie et de Grèce, il avait lu à Naples un livre qui lui avait donné une singulière envie « d'aller au « Soudan, avec les Touaregs qui ont toujours la figure « voilée comme les femmes, pour voir la chasse aux « nègres et aux éléphants. Je rêve », écrivait-il de Rome à son ami, « bayadères, danses frénétiques et « tous les tintamarres de la couleur ».

Flaubert ne pouvait connaître alors que le *Voyage à Tombouctou* de René Caillié, publié à Paris en 1830; les *Reisen und Entdeckungen* de Heinrich Barth, qui pénétra à Tombouctou en 1853, lui ont peut-être passé sous les yeux, dans la traduction française publiée à Bruxelles en 1860-1861, par conséquent au moins dix ans après cette lettre.

***

Flaubert a vite pris son parti. — « Vers la fin de « mars, écrit-il à Mlle Leroyer, je retournerai au pays « des dattes. J'en suis déjà tout heureux. Je vais de « nouveau vivre à cheval et dormir sous la tente. Ce « voyage du reste sera court. J'ai seulement besoin « d'aller à Kef, à trente lieues de Tunis, et de me « promener aux environs de Carthage dans un rayon « d'une vingtaine de lieues pour connaître à fond les « paysages que je prétends décrire. Mon plan est « fait et je suis au tiers du second chapitre ». Ce programme est du 23 janvier 1858 : Flaubert n'y apportera pas beaucoup de modifications. A Paris l'archéologie s'est de nouveau ressaisie de lui. Il est tout satisfait des surprises qu'elle lui garde. « L'éru« dition est chose rafraîchissante, dit-il à sa corres« pondante. Combien je regrette souvent de n'être « pas un savant, et comme j'envie ces calmes exis« tences passées à étudier des pattes de mouche, des « étoiles, des fleurs! Le roman sur *Carthage* a bien « peu avancé: je vais l'interrompre, car les prépa-

« ratifs de mon voyage vont commencer. J'ai peur « d'avoir eu les yeux plus grands que le ventre ». Cette lettre du 1er mars indique bien, elle aussi, un vif désir de revoir des paysages de soleil. « Je pen- « serai à vous sur la plage d'Afrique ». Le souvenir de son beau voyage d'Orient lui revient à l'esprit; aux impressions d'Egypte, de Syrie et d'Asie Mineure, de Grèce et d'Italie, il brûle de joindre et de comparer celles d'Algérie et du Beylick tunisien. S'il est heureux de reprendre un instant la vie errante, un billet du 6 avril le montre : « Dans huit jours je serai « à Marseille, dans quinze à Constantine, et trois « jours après à Tunis ».

CHAPITRE III

LE VOYAGE DE FLAUBERT EN AFRIQUE (1858)

C'était l'époque où l'Afrique séduisait à la fois les artistes et les savants. Eugène Fromentin, qui avait visité à plusieurs reprises et même habité l'Algérie, ne trouvait nullement téméraire — il le dit dans une préface écrite en 1874 — « de parler de l'Orient après tant d'auteurs grands ou charmants, et de devenir quelqu'un ». Il venait de publier en 1856 son *Eté dans le Sahara,* où il avait décrit les pays de Medeah à El-Aghouat, ainsi que Aïn-Madhy et Tadjemout (voyage de mai à juillet 1853); il achevait son *Année dans le Sahel,* qui va paraître en 1858. On trouvait déjà un musée archéologique à Alger, dans les salles du bas d'une jolie maison mauresque de la rue « des Lotophages » ; un autre à Cherchell ; un troisième à Constantine, où une société savante avait été fondée depuis quelques années. Elève consul à Tunis, Charles Tissot avait déjà pénétré jusqu'à Tôzeur, visité la Khoumirie alors inexplorée, noué ses premières relations avec Renan et Renier, poussé jusqu'à Constantine, et collaboré au premier numéro de la *Revue africaine*. Il venait en 1857 de retourner dans le Belad-el-Djerid, « la plaine de la palme », de traverser les sables mouvants du Chott, — tout ce pays auquel M. le Comte du Paty de Clam, contrôleur civil suppléant à Tôzeur, a dernièrement consacré une curieuse étude (1).

Flaubert ne va pas directement à la Goulette. Il gagne d'abord Alger, à ce qu'il semble : la Petite-Kabylie venait d'être à peine soumise en 1851, le Djurjura était calme depuis 1854, la Grande-Kabylie luttait encore contre le gouverneur-général, le général d'Hautpoul. Nous trouvons Flaubert, avec sa curiosité d'artiste et son imagination d'archéologue, à Constantine, qui l'émerveille à juste titre. « Il y a « un ravin démesuré qui entoure le pays de Jugur- « tha. C'est une chose formidable et qui donne le « vertige. Je me suis promené au-dessus à pied, « dedans à cheval. Des gypaètes tournoyaient dans le « ciel ». Tissot, qui était venu à Constantine un peu avant Flaubert, avait passé, en compagnie d'un savant professeur d'arabe, « de bien bonnes heures à deviser, au fond des vallées du Rummel, l'antique Ampsaga, d'épigraphie, de littérature, de mille choses

(1) Voir le 3me fascicule de 1893 du *Bulletin de géographie historique et descriptive* du Comité des Travaux historiques et scientifiques.

enfin » (1). Eugène Fromentin, dix ans auparavant, avait admiré le Coudiat-Aty, le chemin de Biskra qui conduit vers le désert, « et ces longs convois de gens, au visage marqué par un éternel coup de soleil, suivis de leurs chameaux chargés de dattes et de produits bizarres, drapés dans des burnouss dont les plis fangeux apportaient comme un reste de tiédeur » (2).

Après les gorges du Rummel et les cascades de Sidi Mecid, Philippeville retient, un instant, Flaubert qui rêvait de voir une mosaïque réellement carthaginoise. Ce qu'il admire le plus, avant de s'embarquer, c'est, « dans un jardin tout plein de rosiers « en fleurs, sur le bord de la mer, une belle mosaïque « romaine représentant deux femmes, l'une assise « sur un cheval, et l'autre sur un monstre marin ». C'est un de ces pavements qui abondent dans l'Afrique romaine, un des sujets décoratifs dont les répliques et les variantes sont les plus nombreuses dans l'art romain, surtout en ce pays. Il semble que les mosaïstes romains de là-bas aient particulièrement aimé les formes souples et les rapides replis des dieux et des déesses qui présidaient aux flots bleus des côtes africaines. Ces Néréides de Philippeville (3),

(1) Lettre citée par M. Salomon Reinach dans la préface du tome II de la *Province romaine d'Afrique* de Tissot.

(2) *Un été dans le Sahara.*

(3) Voir commandant Delamare, *Exploration scientifique de l'Algérie*, pl. 19 à 21 ; commandant Allotte de la Fuye, *Mémoires*

que Flaubert a tant admirées, ne sont pas les seules que l'on connaisse aujourd'hui ; lors de son passage à Alger, le romancier aurait pu voir la Néréide découverte à Aumale en 1851, envoyée au musée par le gouverneur général de l'Algérie, le maréchal Randon, en 1852, restaurée en 1854, et dont j'ai donné, dans ces dernières années, une reproduction. Flaubert a du moins trouvé quelque charme à ces antiquités. « Il faisait un silence exquis dans ce « jardin, et l'on n'entendait que le bruit de la mer. « Le jardinier, qui était un nègre, a répandu de « l'eau pour faire revivre les belles couleurs de la « mosaïque ».

De Philippeville à la Goulette, il voyage par mer, sur l'*Hermus*, non pas sur un yacht de plaisance, comme son filleul, Guy de Maupassant, naviguera plus tard avec son *Bel-Ami*. Le 25 avril, « à minuit, « étant par le travers du cap Nègre et du cap Serrat « [latitude : 37°10, longitude : 6°50] » (1), Flaubert compose pour Bouilhet, son « accoucheur », une de ses plus jolies lettres. C'est d'elle qu'un article de la *Revue Bleue* a pu dire, en 1891, que les pages en sont vibrantes ; qu'il y a une grande différence entre le premier voyage de l'écrivain en Orient et la visite qu'il va faire à Carthage. « Au

de la Société archéologique de Constantine, p. 209 ; Doublet, *Musée d'Alger*, Paris, Leroux, 1890, p. 51, pl. XVI.

(1) Ce sont deux des promontoires du pays des Mogod, au N.-E. de Tabarka, et bien avant Bizerte.

promeneur nostalgique et attristé a succédé l'artiste épris de son œuvre », ajoutait l'auteur de l'article (Ursus). Voici ce morceau de Flaubert : « La nuit est belle. La mer plate comme un lac « d'huile. Cette vieille Tanit brille, la machine « souffle, le capitaine à côté de moi fume sur son « divan, le pont est encombré d'Arabes qui vont à la « Mecque..... le rivage de la Tunisie que nous « côtoyons apparaît dans la brume. Nous serons « demain matin à Tunis ; je ne vais pas me coucher « afin de posséder une belle nuit complète ».

Flaubert a débarqué à la Goulette. Il veut visiter non seulement Carthage, Utique et Bizerte, mais encore Sousse, El-Djem, Sfax, puis le Kef, Dougga, enfin regagner Constantine par voie de terre.

L'antiquité le fascine. On retrouve bien celui qui a écrit cette phrase, que M. Brunetière cite à propos des lettres à George Sand : « Je me souviens d'avoir eu des battements de cœur, d'avoir ressenti un plaisir violent en contemplant un mur de l'Acropole d'Athènes, un mur tout nu, celui qui est à gauche quand on regarde les Propylées ». L'une des Hirondelles, dans une pièce célèbre de Th. Gautier, dit aussi

« ..... Que dans Athènes
« Il fait bon sur le vieux rempart :
« Tous les ans j'y vais, et je niche
« Aux métopes du Parthénon ;
« Mon nid bouche, dans la corniche,
« Le trou d'un boulet de canon ».

Mais Flaubert ne trouvera pas à Carthage de pareilles murailles. Quant au reste de son programme d'excursions, il n'y suffira pas, malgré son activité, lui dont M. Bourget aime à évoquer, dans ses *Essais de psychologie contemporaine*, « les longues moustaches, la forme des chapeaux, la coupe des pantalons à la hussarde, l'enflure de la voix, surtout, et l'ampleur des gestes ». Flaubert, à peine débarqué, ne perd pas son temps. « Je me couche tard », écrit-il dès le 1er mai à Feydeau. Sa correspondance ne trahit pas une grande émotion en face du paysage — je ne dis point : des ruines — de Carthage. Rien qui fasse le pendant de ces lignes de Beulé, que M. Boissier rappelait dans un récent article de la *Revue des Deux-Mondes*. « Ni Rome ni Athènes », disait le célèbre explorateur de l'Acropole, « ni Constantinople n'ont rien qui surpasse la vue qu'on a de Byrsa ; nulle part l'horizon n'est aussi grandiose ;... la richesse du sol africain s'unit à la poésie de la nature grecque et sicilienne » . Pas un seul mot du terrain donné depuis une quinzaine d'années par le bey à la France, où s'était élevé le temple d'Eschmoun puis d'Aesculapius, où se dressait depuis 1842 la chapelle consacrée à Saint-Louis.

En revanche Flaubert se plaît à témoigner d'une grande activité. « Je me lève », écrit-il à Feydeau, « de grand matin. Je dors comme un caillou, je « mange comme un ogre, je bois comme une « éponge. La table d'hôte est bouleversée depuis

« ma venue. Les gens qui ne me connaissent « pas, me prennent certainement pour un commis « voyageur ». Avec un appétit aussi soutenu, il ne ménage pas son travail et se sent d'humeur à aller loin en Tunisie. « Je pars dans deux heures pour « Utique où je resterai deux jours. Après quoi, j'irai « m'installer pendant trois jours à Carthage même » — (cette lettre en est datée) — « où il y a beaucoup « à voir, quoi qu'on dise. Ma troisième course sera « pour El-Jem, Sous et Sfax ; expédition de huit « jours. La quatrième pour Khef ».

Huit jours après, la besogne a marché : il écrit à Feydeau, et cette fois de Tunis même, qu'il est resté quotidiennement entre huit et quatorze heures à cheval. Flaubert a déjà visité les ruines d'Utique. « J'ai, l'autre jour, en y allant, couché dans un douar « de Bédouins, entre deux murs faits en bouse de « vache, au milieu des chiens et de la volaille. J'ai « entendu toute la nuit les chacals hurler. Le matin « j'ai été à la chasse aux scorpions avec un gentle-« man adonné à ce genre de sport. J'ai tué à coups « de fouet un serpent, long d'un mètre environ, qui « s'enroulait aux jambes de mon cheval ». Malgré la saleté des gourbis, la volaille, les serpents, les scorpions, les chacals et les chiens, il informe Feydeau que le jour même il part, « le soir, à cinq heures, « pour Bizerte, en caravane et à mulet ».

Tout charme Flaubert dans la Régence, la sécurité d'abord, la beauté du paysage tunisien, les fêtes populaires. « Il n'y a rien à craindre dans la Tunisie. « Ce qu'il y a de pire comme habitants, se trouve « aux portes de la ville. Il ne fait pas bon y rôder le « soir. Mais je crois que les Européens résidant ici « sont d'une couardise pommée. J'ai pour cette rai- « son renvoyé mon drogman qui tremblait à chaque « buisson; ce qui ne l'empêchait pas de me filouter « à chaque pas. Son successeur est, à partir d'aujour- « d'hui, un nègre hideux ». De ce pays qu'il juge si sûr pour le touriste, il fait, en quelques mots, une description des plus pittoresques. « Le ciel est splen- « dide. Le lac de Tunis est couvert le soir et le matin « par des bandes de flamants qui, lorsqu'ils s'envo- « lent, ressemblent à quantité de petits nuages roses « et noirs » (1). Voilà pour le lac : voici pour les quartiers arabes de la ville. « Je passe mes soirs dans « des cabarets maures à entendre chanter des Juifs, « et à voir les obscénités de Karageuss ».

(1) Elisée Reclus compare ces bandes de flamants « bleus et roses, vues de loin, à des soldats en uniformes éclatants» (*Géographie universelle*, XI p. 187), image à peu près empruntée à ce que Buffon avait dit sur «le flammant, ou phénicoptère, oiseau à l'aile de flammes ».

*
* *

Au milieu de toutes ces distractions, Flaubert se sent la bourse un peu dégarnie, et il confie à Feydeau que, pour la côte Est, « hélas! il n'a ni le temps ni « l'argent. Il fait cher voyager dans la Tunisie, à « cause des chevaux et des escortes». Il ne verra donc rien de ce qu'il avait projeté d'aller visiter là-bas, ni El-Djem et l'amphithéâtre romain de la vieille Thysdrus, le mieux conservé, que l'on connaisse, l'un des plus vastes «colisées», plus grand que celui de Nîmes, — ni Sfax, la deuxième ville de la Régence par sa population, — ni Sousse, le port de Kairouan, l'antique Hadrumète où il fera élever le jeune Hannibal par Iddibal « sur un rivage peuplé de tortues, avec des palmiers sur la dune». A quoi va donc se réduire le plan primitif? «Il est probable que je m'en irai d'ici à Constantine « par terre. Cela est faisable avec deux cavaliers du « Bey(1). Arrivé sur la frontière, à quatre jours d'ici, « le commandant de Souk'ara *(sic)* me donnera des « hommes qui me mèneront à Constantine..... de « cette façon j'aurai vu *tous* les pays dont j'ai à par- « ler dans mon bouquin ». Ce qui l'attirait dans la

(1) Le bey était alors Mohammed, frère aîné de Mohammed-es-Sadok qui ne règnera qu'à la fin de Septembre 1859.

vallée de la Medjerdah, c'était l'occasion de visiter le Kef, l'ancienne Sicca Veneria dont les Arabes ont longtemps rendu le nom latin par la forme Chiqbenâriya ou Chaqbâriya ; et même Chok-ben-Nâhi (épine de feu). Il projetait d'y placer l'un des chapitres de son livre. Il voulait aussi voir le temple romain de Dougga qu'il prenait, semble-t-il, pour un monument punique !

Le 20 mai il prévient Duplan qu'il part le surlendemain et qu'il a dû, malgré tout ce qu'il a dit sur la tranquillité du Beylick, prendre des mesures de précaution qui éblouissent ses yeux. « Je m'en « retourne en Algérie *par terre,* ce qui est un voyage « que peu d'Européens ont exécuté ». Mais c'est à Feydeau surtout qu'il dépeint son attirail de voyage ; et ici nous retrouvons bien le « géant à longues moustaches de Gaulois, qui s'exaltait sur une phrase, la face congestionnée, les bras au ciel », tel que l'a décrit M. Paul Bourget dans ses *Etudes et Portraits,* ou l'homme à la stature athlétique, et que M. Brunetière compare au curé Bournisien de *Madame Bovary.* M. Bourget, dans ses *Essais de psychologie contemporaine,* laisse entendre qu'il y avait en Flaubert « l'obscur atavisme des Normands de sa province, et dans ses veines quelques gouttes de ce sang des anciens pirates en qui semblaient avoir passé l'inquiétude, la sauvagerie et la puissance de leur cruel Océan ». Ecoutons plutôt ce qu'écrit le voyageur, et si ce n'est pas déjà une phrase de Tartarin. « Je pars

« armé jusqu'à la gueule », dit Flaubert, « escorté « de trois solides gaillards. Que ne puis-je faire mon « entrée chez toi dans un tel équipage ! Quel chic ! « Je m'en vais de Tunis avec une certaine tristesse, « étant de la nature des dromadaires qu'on ne peut « ni mettre en route ni arrêter.... Je suis au milieu « des paquets à faire. La route est sûre, mais peu « fréquentée. Je vais traverser en plein le pays des « lions ; mais je désire peu en rencontrer, — de « près, du moins » (1).

Je me rappelle un récit tout simple d'un voyage de Tunis au Kef, fait au XVIIIe siècle par un commissaire des fontes de l'artillerie au port de Rochefort qui avait été chargé, en octobre 1744, « de visiter, « auprès du Quef, une mine de cuivre située dans les « états du Bey de Tunis » (2). Ce voyageur, Gabriel Dupont, a lui aussi marqué avec complaisance les dangers de cette route, « les bandes de Maures armés, « très redoutables dans ces contrées par leur nombre « et l'agilité de leurs chevaux », les lions et les tigres qui se gênent peu pour visiter les douars des Arabes « et dont le concert de cris très pénétrants

(1) Elisée Reclus (*Géogr. univ.*, XI p. 185) signale encore des lions sur la frontière algérienne, surtout en Khoumirie ; « mais moins nombreux qu'à l'époque carthaginoise... où le long des routes se dressaient des gibets auxquels on crucifiait les félins ».

(2) Récit publié dans la *Revue de l'Afrique Française*, 7e année, n°s 50 à 52 (oct. nov. 1888).

« durent pendant tous les repas », enfin, détail qui n'a cessé d'être vrai dans ces pays, « la quantité de « puces dont on est couvert de la tête aux pieds ».

⁂

Flaubert n'a visité que quelques-uns des endroits qu'il aurait tenu à connaître dans « ce monde barbare, oriental, molochiste ». L'un des derniers est le curieux village de Dougga, dont il dira plus tard à Sainte-Beuve qu'il a vu mieux que le plan du temple phénicien de l'île de Gozzo, mieux que les médailles du duc de Luynes, mieux que ce que l'on savait alors sur le sanctuaire des Juifs à Jérusalem : « les « ruines du temple de Thugga que j'ai *vu* moi-même, « de mes yeux, et dont aucun voyageur ni anti- « quaire, que je sache, n'a parlé ». Flaubert s'est trompé. Le village arabe avait été visité déjà plus d'une fois, et les ruines de la ville antique dont il occupe l'emplacement, étaient connues grâce à divers voyageurs, dont les noms sont connus.

Flaubert croit qu'il a découvert les monuments de Dougga, où l'on reconnaît bien aujourd'hui des édifices antérieurs à la conquête romaine, mais où personne ne confond le *temple* avec une construction punique. A-t-il voulu parler du *Mausolée*, qui permet aujourd'hui aux érudits de tracer sommairement l'historique et les origines de l'art punique ainsi que son évolution jusqu'à la conquête romaine ? Il semblerait plutôt qu'il ait mentionné le temple corinthien, construit sous le règne simultané de Marc-Aurèle et de Lucius Verus, et voué à Jupiter, Junon, Minerve. Le Mausolée punique méritait la visite de Flaubert ; non qu'il fût inconnu, puisqu'il avait été signalé dès le XVIIe siècle, par un renégat français, et que sa curieuse inscription bilingue avait été publiée notamment dans l'ouvrage de Gesenius qu'il a eu en mains (1).

Le Mausolée avait été démoli pierre par pierre, sur les ordres de sir Thomas Reade, alors consul-général d'Angleterre à Tunis ; l'inscription bilingue, en caractères libyques et puniques, acquise par le British Museum en 1852 à la vente de la collection privée de Reade. Les savants y voient, — ce sont les paroles de M. Saladin, — « le seul monument de physionomie franchement punique qui soit resté debout dans la Régence ». Flaubert a-t-il compris l'intérêt que présentent cet édifice ruiné, le chapi-

(1) Voici la traduction même de Gesenius :
Cippus Maolanii filii Iophi-schat
filii regis Harb-schema filii
Schoter-Aram principis filiis Aam
filii Iophi-schat filii regis Abd-
Mokarti Schalgi filii Carsachal.

teau du pilastre d'angle de son soubassement avec ses boutons et ses fleurs de lotus d'un style égyptien, le chapiteau ionique des colonnes du premier étage, dont le sentiment semble assez grec, l'étage supérieur avec ses petits cavaliers, avec ses statues de femmes ailées d'une physionomie plutôt archaïque, avec ses bas-reliefs de quadriges dont le motif est tout classique ? Ce monument de Dougga, aujourd'hui rapporté à une époque à peu près contemporaine de la fin du ve siècle ou du commencement du vi^e^, a-t-il beaucoup inspiré Flaubert ? J'ai beau lire *Salammbô*, je n'en trouve pas le moindre indice. Du moins nous ne supposerons point qu'il ait vraiment voulu parler du temple corinthien, pris pour des œuvres puniques les six colonnes du portique, le fronton et son bas-relief qui représente un personnage enlevé au ciel sur les ailes éployées d'un aigle (probablement l'apothéose de L. Vérus) ; enfin qu'il ait omis de voir — ce qui permet de dater ce beau monument — l'inscription latine de la frise et celle du linteau de la porte de la cella.

***

Quant aux autres curiosités — et d'ailleurs de l'époque romaine — que Flaubert a pu voir de Tunis jusqu'à Constantine, il n'en a pas dit un mot dans sa *Correspondance*. Mais ce qu'il retient, ce sont les grands spectacles de la nature africaine ; il dira à Sainte-Beuve que ce n'est pas sa faute « si les orages « sont fréquents dans la *Tuniserie* (1) à la fin de « l'été : Châteaubriand n'a pas plus inventé les ora- « ges que les couchers de soleil ». Il a évoqué ses souvenirs de voyageur, quand il décrit le paysage de Carthage en hiver : « les minces tiges des papyrus se « balançaient doucement, les grenadiers en fleurs se « bombaient sur l'azur du ciel, la mer apparaissait « avec une île au loin, à demi perdue dans la brume » — celui de Bizerte, protégée par un lac (2) communiquant avec la mer : « au milieu du lac immense une île toute noire et de forme pyramidale » (3), et

(1) « La *Tunisie* a été nommée ainsi pour la première fois en 1817 par M. Mac-Carthy » (Elisée Reclus, *Géographie universelle*, t. XI, p. 285).

(2) C'est le Tindja Benzert, le lac de Bizerte, dont l'eau est salée.

(3) C'est la vasque (*garaa*) d'Eskhel, que domine une île formée d'un mont abrupt, haut de plus de 500^{m} : l'eau en est presque douce.

la campagne pleine de palmiers, d'oliviers, de myrtes et de platanes « avec de longues plaques jaunes, des caroubes comme des boutons de corail, des sycomores chargés de pampres, les joncs où vivaient des alouettes huppées et des tortues », — celui des environs de Tunis, « rigoles dans des bois de palmiers, longues lignes vertes d'oliviers, cactus aux larges feuilles où rampaient des caméléons, collines où flottaient des vapeurs roses, montagnes bleues ».

S'il n'a pas visité le défilé de la Hache, sur l'emplacement duquel je ne sais trop si les savants s'accordent aujourd'hui, Flaubert a retenu quelques noms de villages ou de montagnes de la vallée de la Medjerda qu'il a remontée à cheval. Il s'est rappelé les traits particuliers du paysage tunisien ; la montagne des Eaux-Chaudes où mon camarade Toutain fit, lorsque j'habitais Tunis, l'heureuse découverte d'un important sanctuaire, celui du Saturnus Balcaranensis ; la Lagune (la Sebkha el koursia) « où des places rondes, toutes blanches de sel, miroitent comme de gigantesques plats d'argent oubliés sous le rivage » ; le ciel de la banlieue tunisienne, « continuellement pur, et qui s'étale, plus lisse et froid à l'œil qu'une coupole de métal ».

Carthage ! Lui aussi dans la septième partie de son *Itinéraire de Paris à Jérusalem*, Châteaubriand avait parlé des ruines de Carthage, qu'il avait visitées durant le séjour de six semaines qu'il fit à Tunis, chez le consul de l'Empire français, Devoise, du 18 janvier au 9 mars 1807. Il a cherché à en faire le plan d'après Florus et Velléius Paterculus, Appien et Strabon, quelques ouvrages du XVIIIe siècle. Châteaubriand en a signalé le peu d'importance : « des cabanes de Maures, un ermitage musulman sur la pointe d'un cap avancé, des brebis paissant près de citernes et d'aqueducs » ; il en a comparé les vestiges à ceux de Sparte, « figuiers, caroubiers, oliviers, grandes angéliques, acanthes, et là-dessus des milliers de sansonnets réunis en bataillons et ressemblant à des nuages ». Comme Flaubert, il avait admiré les flamants du lac de Tunis : « les phénicoptères animent la grande flaque, d'ailleurs assez triste, et, quand ils volent à l'encontre du soleil, tendant le cou en avant et allongeant les pieds en arrière, ils ont l'air de flèches empennées avec des plumes couleur de rose ».

⁂

Enfin Flaubert rentre en Algérie. Il peut s'embarquer pour la France. Il renferme momentanément dans sa valise les auteurs qu'il avait emportés avec lui ; notamment Falbe et Dureau de la Malle, au sujet de qui il déclarera nettement à M. Froehner qu'il les a lus, « plus souvent que vous peut-être, et

« sur les ruines de Carthage ». De même il s'opposera énergiquement à ce que son critique brille « en « voulant faire accroire aux badauds que je ne dis- « tingue pas la Cappadoce de l'Asie Mineure. Mais « je la connais, Monsieur ; je l'ai vue ; je m'y suis « promené ».

Flaubert traverse la Méditerranée, tout heureux d'avoir fait cette tournée en Tunisie. C'est avec assez d'ironie que plus tard il écrira à Guéroult, directeur de *l'Opinion Nationale* : « Puisque M. Froehner se « mêle de ma biographie (comme si je m'inquiétais « de la sienne) en affirmant par deux fois (il le sait !) « que j'ai été six ans à écrire *Salammbô*, je lui avoue- « rai que je ne suis pas bien sûr, à présent, d'avoir « jamais été à Carthage ». Ses amis lui envièrent parfois ce beau voyage au pays du Soleil. Quelques-uns eurent l'idée de le recommencer avec lui.

« A présent que je ne suis plus une femme », lui écrit George Sand en octobre 1866, « si le bon Dieu était juste, je deviendrais un homme. J'aurais la force physique et je vous dirais : Allons donc faire un tour à Carthage ou ailleurs. Mais voilà, on marche à l'enfance ». Châteaubriand, que Flaubert raille parfois, n'était-il pas allé lui aussi à Carthage ; et en outre à Sparte où il avait cueilli des lis bleus en souvenir d'Hélène, admiré les roseaux de l'Eurotas et des lauriers-roses, grands comme des arbres, décrit des collines teintes de pourpre, de violet et d'or pâle, — à Athènes où il avait bu de l'eau du Céphise, sous les oliviers jadis chantés par Sophocle, — et dans d'autres lieux autrefois illustres ?

Flaubert a restreint ses rêves. Faute de pousser jusque chez les Touaregs « à la figure voilée comme les femmes», de voir ce qu'il appelait « la chasse aux nègres et aux éléphants », de se griser de danses de bayadères et de « tous les tintamarres de la couleur », il est allé à la Goulette, à Tunis, à Carthage, à Utique, et à Dougga, ce qui n'était point, il y a une quarantaine d'années, un voyage banal. Cependant, il semble qu'il n'ait pas emporté de l'Afrique une forte et durable impression. Nous ne trouvons rien, dans sa Correspondance, qui vaille la beauté de cette lettre que Tissot, alors consul à la Corogne, écrivait à son père et que M. Reinach a reproduite dans la préface de sa *Province Romaine* : « La terre est douce à notre pauvre chrysalide humaine, là-bas, sous ce ciel admirable, sous les orangers et les lentisques, sur ce sable doré que baignent les flots bleus de la Méditerranée. Impossible d'oublier l'Afrique : le lotus y pousse toujours, quoique nos savants n'aient point eu la chance de le retrouver ; on le mange évidemment sans s'en douter ». Fromentin avait dit de même, à la dernière page de son *Eté dans le Sahara* : « Il y a dans cette Afrique je ne sais quoi d'incomparable qui me la fait chérir. Je pense avec effroi qu'il faudra bientôt regagner le Nord ». Flaubert n'a rien écrit de tel, après ce voyage.

CHAPITRE IV

LA COMPOSITION DÉFINITIVE DE Salammbô, CHAPITRE PAR CHAPITRE (1858-1862)

Flaubert apparaît, dit M. Bourget dans ses *Etudes et Portraits*, « devant ses pages à noircir comme devant une tâche à terminer, tâche imposée par qui ? par lui-même, mais imposée pourtant, et qu'il maudit, bien qu'il l'accomplisse ». Encore la fait-il avec ténacité. Plus tard, la solitude rigoureuse lui permettra seule de suffire à la besogne de ses derniers ouvrages. Il s'y enfoncera, se comparant « à l'ours des cavernes ». Déjà la composition de *Salammbô* en témoigne. Çà et là paraissent, dans sa Correspondance, « les jurons, encore plus inutiles qu'indécents, dont il émaillait à plaisir sa prose familière et que ses éditeurs ont laissé tout au long s'étaler » (1). Ailleurs se montre bien l'habile ouvrier, de qui l'on

(1) Brunetière, *Histoire et Littérature*, II p. 128.

a pu dire « qu'il s'enferme dans une tour d'ivoire pour la sculpter à loisir (1).

D'Afrique, il rentre droit à Croisset ; il commence par y dormir « quatre jours » ; il est « éreinté ». Maintenant il va s'agir de la rédaction définitive, et il n'y a plus à reculer devant les difficultés. Comment mettre un peu d'ordre sur sa table de travail ? Ici un monceau de notes, là quelques chapitres ébauchés. Le premier mouvement de l'auteur est de tout recommencer. Bouilhet s'associe un instant à ce travail. « Lui et moi, écrit Flaubert à Feydeau, nous « nous livrons à une pioche féroce. *Carthage* est à « refaire. Je démolis tout. C'était absurde, impos- « sible, faux. Je crois que je vais arriver au ton « juste. Je commence à comprendre mes person- « nages et à m'y intéresser ». Non que le voyageur se considère comme muni de renseignements suffisants. Il croit avoir vu, rue Richer, un photographe qui vend des vues de l'Algérie. « Si tu peux me « trouver, dit-il à Feydeau, une vue du Medragen « *(sic)*, le tombeau des rois numides *près Alger (sic)*, « et me l'apporter, tu me feras plaisir ». On le voit : Flaubert confond deux des monuments étranges qu'il vient d'admirer en Afrique : — le Madracen qui est près du *Lacus Regius*, dans la province de Constantine et peut avoir servi de magnifique sépulture à des rois numides, et d'autre part le « Tombeau

(1) Vicomte de Voguë, *Regards historiques et littéraires.*

de la Chrétienne » qui est dans la province d'Alger et doit avoir reçu les restes d'une dynastie maurétanienne.

Enfin voici la première mention de la fille d'Hamilcar, qu'il ne défendra qu'assez faiblement contre les critiques de Sainte-Beuve. Plus tard il concèdera que sa réalité est douteuse. « Ni moi ni vous, mon « cher maître, ni personne, aucun ancien et aucun « moderne, ne peut connaître la femme orientale, « par la raison qu'il est impossible de la fréquenter ». C'est dans une lettre à Duplan que nous trouvons nommée, pour la première fois, celle que Flaubert appelle familièrement « sa petite femme. J'y suis « arrivé dans mon premier chapitre. J'astique son « costume, ce qui m'amuse. Je me vautre comme un « cochon sur les pierreries dont je l'entoure », ces pierres précieuses du trésor d'Hamilcar qu'il affirmera, au lendemain des appréciations sévères de M. Froehner, avoir trouvées « *toutes* dans Pline et « dans Théophraste ». Le reste du billet à Duplan est bien curieux, pour la conception du type de son héroïne. Ce ne doit être ni du Lamartine ni du Châteaubriand. Il voudra plus tard qu'elle ne soit ni une Elvire sentimentale, ni une Velléda (« celle-ci est « active, intelligente, européenne »), ni une seconde Madame Bovary, « agitée par des passions multiples ». Salammbô, si nous en croyons la défense de Flaubert, « demeure clouée par l'idée fixe comme une mania- « que, une espèce de sainte Thérèse ». M. Brunetière (1) a noté ce qu'il appelle « une curieuse revanche de l'idéalisme. Flaubert, comme George Eliot dans son *Middlemarch*, ont tous les deux fini par vouloir peindre des *sainte Thérèse*, et, du dernier degré du naturalisme, remonter, d'un prodigieux coup d'aile, par delà même l'idéalisme, jusqu'au mysticisme proprement dit ». Salammbô commence donc à se dresser, dans ces conditions, devant l'imagination de Flaubert ; dès maintenant il l'entrevoit sous le faste de costumes merveilleusement beaux. Non seulement il l'entoure de pierreries : « Je crois que le mot *pourpre* ou *diamant* est « à chaque phrase de mon livre. Quel galon ! mais « j'en retirerai ». A-t-il tenu parole, lui pour qui, selon la remarque de M. Bourget, le travail littéraire n'est pas devenu une consolation suprême, mais a été comme un élément inconnu de désespérance.

⁂

« En décembre (1858), dit-il à Duplan, j'aurai certainement fini mon premier chapitre ». Le 4 septembre, dans un billet envoyé à Mlle Leroyer, il s'écriait : « Un chapitre ! pas plus ! encore n'est-il

(1) *Roman Naturaliste*, p. 266.

« pas fini. J'en ai encore au moins une dizaine à « faire ». En 1859 il écrira à Feydeau : « le chapitre I « m'a occupé deux mois cet été ». Voilà pour *les Jardins d'Hamilcar*.

Nous en savons moins encore sur la confection du chapitre II : *à Sicca*.

Le 26 décembre 1858, après un court voyage à Paris, Flaubert écrit à Mlle Leroyer qu'il s'est « remis « à Salammbô avec fureur. Je commence le IIIe cha- « pitre : le livre en aura XII », il veut dire probablement douze autres. Un billet à Feydeau, qui n'est pas daté, apprend que deux jours après il entame le IIIe chapitre. « Ce qui ferait le chapitre IV, si je garde « la préface ; mais non !... Je suis dans une venette « atroce, parce que je vais répéter comme effet dans « le chapitre III ce qui a été dit dans le chapitre II ». C'est celui qui porte le nom même de *Salammbô*.

Le IVe, *sous les murs de Carthage*, lui a paru interminable. « J'en ai retranché », écrit-il à Feydeau, « ce que j'en aimais le mieux ». C'est vers cette époque que se place, croyons-nous, une intéressante lettre à Madame Maurice Schlésinger, datée du 16 janvier 1859. « Après la publication de mon roman » (il s'agit de *Madame Bovary*), « j'ai remis dans le carton « la *Tentation de saint Antoine* » (elle ne sera publiée qu'en 1874). « Sollicité alors par la *Presse*, je lui ai « promis une étude antique. Avant d'en savoir le « premier mot, au bout de huit jours, on me talon- « nait déjà en me demandant : Est-ce fini ? Les lec-

« tures et le travail préalable m'ont demandé six à « huit mois. Je m'y suis mis enfin, il y a un an « environ ».

Nous voici à *Tanit*. Dans une lettre non datée, Flaubert dit à Feydeau qu'il s'est « débarrassé du « V^{e} chapitre par la suppression de deux morceaux, « excellents, mais qui ralentissaient le mouvement. « J'espère dans un mois avoir fini mon VIe chapitre ; « et avant de rentrer à Paris, le VIIe sera fait : « il le faut ». Mais il revient ultérieurement à ce chapitre que domine l'image de la grande déesse. Dans une autre lettre à Feydeau, il lui confie que, pas plus tard que le jour où il lui écrit, un passage de Cicéron, qu'il n'avait pas encore remarqué, l'a induit à supposer une forme de Tanit qu'il n'avait vue nulle part.

⁂

« J'ai écrit, dit-il à Duplan, à peu près six chapi- « tres. J'espère au jour de l'an (1860) en avoir fait « encore un, ce qui sera la moitié ». C'est dans cette même lettre qu'il déclare que la « *Légende des Siècles* « du père Hugo est énorme », que ce livre l'a « forte- « ment calotté. Quel immense bonhomme ! on n'a « jamais fait de vers comme ceux des *Lions* ». C'est la célèbre pièce des *Lions* dont Théophile Gautier récitait par cœur les cent cinquante huit vers qu'il avait lus le matin, en déjeunant, le jour où furent publiés les deux premiers volumes de la *Légende*. Maxime du Camp a cité ce merveilleux exemple de sa mémoire (1). Dans son *Rapport* de 1867, Gautier trouvait à la pièce « une beauté, une largeur et un grandiose incomparables ». Les *Châtiments* avaient paru en 1853 ; puis en 1856 les deux volumes des *Contemplations*, et la *Légende* en 1859, à Paris même et chez Michel Lévy qui sera aussi l'éditeur de *Salammbô* en 1862. La correspondance de Flaubert ne nous apprend rien de plus sur la composition du chapitre VI, *Hannon*. Elle confirme ce qu'on sait de Flaubert comme critique. Musset lui semblait « plus poète qu'artiste » ; Mérimée n'avait pas de style ; les vers de Gautier étaient faibles ; Pindare et Milton ne valaient pas cher. Pourtant M. Bourget écrit que, « comme tous les initiés de 1830, il prononçait les syllabes du nom de Hugo avec vénération ».

Quant au VIIe chapitre, *Hamilcar Barca*, Flaubert espérait l'avoir achevé avant de rentrer à Paris, d'après une lettre à Feydeau dont la date est inconnue. Mais le 30 mars 1860 il écrit, de Paris même, à Mlle Leroyer un billet où perce moins de satisfaction. « J'ai bien avalé, lui dit-il, depuis le 1er février

(1) (*Th. Gautier*, dans la collection des *Grands Ecrivains Français*, Paris, Hachette, 1890, page 18 sq.).

« une cinquantaine de volumes. Voilà cinq mois « que je suis sur le même chapitre. Il s'agit de « reconstruire ou plutôt d'inventer tout le commerce « antique de l'Orient ». Et ce n'est que revenu à Croisset qu'il écrit à Feydeau : « Enfin, je finis mon « infinissable chapitre VII ». La mise en scène de l'assemblée des Anciens, lors du retour d'Hamilcar, paraît l'avoir tout particulièrement fatigué. « Je « suis, lui écrit-il, empêtré dans le temple de Moloch. « Ma séance du parlement n'est pas facile à faire ». Il semble que dès 1859 il se soit préoccupé de ces développements qui ont une réelle importance dans le livre. « Je taille un *morceau*, écrit-il à Duplan, « qui sera la description topographique et pittores- « que de Carthage avec exposition du peuple qui « l'habitait (y compris le costume, le gouvernement, « la religion, les finances, le commerce) ». Voilà bien tout ce que Sainte-Beuve nommait alors du *bibelot,* tout ce que M. Brunetière indique aujourd'hui comme de l'orientalisme hypothétique, tout ce que Flaubert appelait « son monde barbare, oriental, molochiste ». Aujourd'hui, les idées que l'on avait sur les ports de Carthage, risquent de s'être quelque peu modifiées (1).

Le 4 juillet 1860, Flaubert écrit à Feydeau qui voyageait alors en Algérie. « Je suis, dit-il, bientôt

(1) Par ex., l'art. de M. Cecil Torr dans le 1er numéro de la *Revue archéologique* de 1894.

« au milieu de mon chapitre VIII. *La bataille du « Macar !* Ce n'est pas une petite besogne que la « narration et description d'une bataille antique, « car on retombe dans l'éternelle bataille épique « qu'ont faite, d'après des traductions d'Homère, « tous les écrivains nobles ». C'est de ce fameux combat qu'il parle sans doute dans un billet à Feydeau dont la date ne nous est pas gardée. « Je « suis en plein dans une bataille d'éléphants et te « prie de croire que je tue les hommes comme les « mouches ». Il est vrai qu'il y a aussi une belle charge d'éléphants dans le chapitre XIV ; mais la lettre à Feydeau se rapporte vraisemblablement aux soixante-douze éléphants, « enivrés avec un mélange de poivre, de vin pur et d'encens », que les Mercenaires tuent le mieux possible.

Dans une lettre non datée qu'il adresse à Feydeau, Flaubert lui montre comme il a encore « énormément « à faire. J'ai écrit, depuis la fin de juin, deux cha- « pitres, *à peu près :* car je termine le IXe. Il m'en « reste six ». Rien de plus sur le chapitre : *En campagne.*

Xe Chapitre : *le serpent.* Le 26 décembre 1858 Flaubert écrivait à Mlle Leroyer de Chantepie : « Savez-vous ce qui présentement m'occupe ? les « maladies des serpents. Je vais aujourd'hui même « écrire à Tunis sur ce sujet. Quand on veut faire « *vrai,* il en coûte ». En juillet 1860 ce chapitre n'est pas achevé. « Que ne suis-je seulement, écrit-

« il le 4 à Feydeau qui parcourt l'Algérie, à la « fin de mon X[e] chapitre » ? Et au même sous une date inconnue : « Je viens de finir le cha- « pitre IX, et je prépare les X et XI que je ferai « cet hiver, ici, tout seul, comme un ours ». A signaler très discrètement que ce passage de son roman est désigné aussi par lui en des termes peu discrets : « celui où l'on..... », s'il ne s'agit pas plutôt du suivant. Est-ce de ce chapitre qu'il parle dans une lettre à Bouilhet (1), datée du 2 septembre 1860 : « J'arriverai, je crois, à avoir dix-huit pages à mon « chapitre » ? Il ne dit pas expressément lequel, mais ajoute aussitôt une phrase à peine explicative : « Elles seront bourrées de faits ». Est-ce de ce chapitre qu'il signale en 1861 l'achèvement, dans un billet assez vague, adressé à Feydeau : « J'ai écrit « un chapitre depuis six semaines »? Il semble bien qu'il s'agisse du chapitre X, *le serpent*, où Sainte-Beuve trouvait soit du vice malicieux, soit une bagatelle, où Flaubert voyait au contraire « une « espèce de précaution oratoire pour atténuer le « chapitre de la tente, qui n'a choqué personne ».

(1) Bouilhet, déjà célèbre par *Melaenis*, avait donné en 1859 ses *Festons et Astragales*, où se trouve la pièce des *Fossiles*.

*
* *

De quel chapitre Flaubert a-t-il voulu parler dans une lettre à Feydeau qui manque de précision ? « Je « prépare actuellement le *coup* du livre. Il faut que « ce soit à la fois *cochon,* chaste, mystique et réalis- « te ». Ce billet est encore de 1860. N'est-il pas question ici du chapitre XI, *sous la tente de Mathô ?* « Sainte-Beuve, qui vous aime pourtant », écrira George Sand à Flaubert, « prétend que vous êtes affreusement vicieux ; mais peut-être qu'il voit avec des yeux un peu salis ». Et elle compare le grand critique à un botaniste qui avait dit que la german drée est d'un jaune sale (21 sept. 1866). Quelques jours après elle lui adresse les compliments de ses enfants: « ils sont, comme moi, vos grands admirateurs, et je vous embrasse au front, puisque Sainte-Beuve a menti ». (28 sept. 1866). De nos jours, M. Brunetière étudiant « les petits naturalistes », leur conseille de se rappeler l'indignation de Flaubert, « très vive et très sincère », lorsque Sainte-Beuve prétendit avoir senti dans *Salammbô* ce qu'il appelait « une pointe de sadisme ». Et le critique du Roman Naturaliste ajoute que « la suite a prouvé qui des deux avait raison, Sainte-Beuve d'y reconnaître cette pointe, ou Flaubert de nier qu'elle y fût ».

Quand il eut à peu près fini le chapitre XII, *l'aqueduc*, il écrit à Feydeau qu'il commence maintenant le siège de Carthage. « Je suis perdu, lui dit-il, dans « les machines de guerre, les balistes et les scor- « pions », sans doute ce que les Carthaginois voient venir droit vers eux « comme des monstres et des « édifices », dès qu'Hamilcar a fait rentrer ses troupes à l'intérieur des murailles et que les Mercenaires ont institué leurs préparatifs de blocus. « Je n'y « comprends rien, ni moi ni personne. On a bavardé « là-dessus sans rien de net. J'ai lu depuis hier « soixante pages in-folio et à deux colonnes de la « *Poliorcétique* de Juste-Lipse ». Nous sommes déjà en 1861. Ce fameux aqueduc, Flaubert a dû avouer à Sainte-Beuve que c'était « une lâcheté » ; il croyait avoir prévenu d'avance toutes les objections par ce qu'il appelle « une phrase hypocrite à l'adresse des archéologues » ; il a été contraint à déclarer qu'il avait « mis les pieds dans le plat ». On connaît l'excuse qu'il produit pour sa défense : « le souvenir de « Bélisaire coupant l'aqueduc romain de Carthage « m'a poursuivi, et puis c'était une belle entrée pour « Spendius et Mathô ». Il eût pu produire une seconde excuse : le savant anglais Davis, qui fouillait Carthage lorsque Flaubert visita les ruines, fait aussi de l'aqueduc romain d'Hadrien et de Septime-Sévère, de la merveilleuse canalisation qui amenait à Carthage et conduit encore à Tunis les eaux du Nymphée de Zaghouan et de celui de Djougar,... un ouvrage de la civilisation carthaginoise !

Dans une lettre à Feydeau qui est de 1861, il dit qu'il commence le chapitre XIII, *Moloch*, dans une autre, qu'il en a fait vingt-deux pages et veut en écrire une quarantaine, « ce qui me mènera jusqu'à « la fin d'octobre. Aux Goncourt il déclare sans « phrases que le siège de Carthage, terminé mainte- « nant, l'a achevé. Les machines de guerre me scient « le dos. Je sue du sang» (1) ; il leur indique, en des mots particulièrement crus, les fatigues qu'il ressent, et ajoute que, dans ce même chapitre XIII, il est « parvenu à amener successivement une pluie et une procession » dont il parle en termes très verts (2).

« Je m'en tiens-là. Suis-je trop sobre ? » La seconde partie de ce chapitre, c'est ce qu'il appelle

(1) — Mettons en note ce qui suit dans la lettre : « Je p..... de « l'huile bouillante ; je c..... des catapultes ; je r..... des balles de « frondeurs ». Voilà bien les jurons que ses critiques trouvent « aussi inutiles qu'indécents ».

(2) Voici les passages de *Salammbô* : Ed. Charpentier, p. 271. — « Les Barbares perfectionnèrent leur invention. Ils lançaient toutes « sortes d'immondices, des excréments humains, des morceaux de « charogne, des cadavres. La peste reparut ».

Id., p. 341. — « On applaudissait, parmi ces femmes, les Kede - « chim aux paupières peintes, symbolisant l'Hermaphrodisme de « Tanit : parfumés et vêtus comme les prêtresses de la Rabetna, ils « leur ressemblaient malgré leurs seins plats et leurs hanches plus « étroites ».

« les tons foncés. On y commence,écrit-il à Feydeau, « à marcher dans les tripes et à brûler les moutards». Dans une lettre antérieure, il lui annonçait qu'il allait se mettre à la peinture de ce grand sacrifice. « Je vais commencer après-demain le dernier mou- « vement de mon avant-dernier chapitre : la grillade « de moutards, ce qui va bien me demander encore « trois semaines. A mesure que j'avance, mes doutes « augmentent ». Quant au début du chapitre, nous n'avons pas à rappeler quel mal Flaubert s'était donné pour comprendre la Poliorcétique, et c'est alors qu'il rêva, ainsi qu'en témoigne un billet à Feydeau, d'écrire « une histoire de Cambyse ». Les horreurs qu'il indique, sont bien connues : « des orbites sans yeux pleurant des larmes grosses comme des amandes, des hommes tout jaunes d'huile bouillante, des entrailles ouvertes, des cervelles épandues, les convulsions atroces des gens frappés de flèches empoisonnées... Il y eut là de grands coups », dit-il sur le ton de Froissart, « et dont parlèrent longtemps ceux qui survécurent ». Cet énorme chapitre XIII est peut-être celui sur lequel la correspondance du grand romancier nous fournit les détails les plus curieux.

Dans la lettre à Feydeau où il lui confia qu'il prépare « les honneurs finales du chapitre XIII qui « seront dépassées par celles du XIVe », Flaubert indique qu'il s'occupe déjà de celui-ci. « Je lis main « tenant de la physiologie, des observations médica- « les sur des gens qui crèvent de faim ». Dans une lettre aux frères de Goncourt, il dit qu'il lui reste à écrire la fin de ce chapitre ; dans une autre il les prie de voir « à la Bibliothèque de l'Ecole de Médecine, « dans la *Bibliothèque Médicale,* tome LXVIII, le « journal d'un négociant qui s'est laissé mourir de « faim. Si vous y trouvez des détails *chic,* envoyez-les « moi ». Enfin le chapitre est terminé, et il fait part à Duplan de la satisfaction qu'il éprouve. « Je viens « de sortir du *défilé de la Hache* (1). J'ai 20 000 hommes « qui viennent de crever et de se manger réciproque- « ment. J'ai là, je crois, des détails coquets, et « j'espère soulever de dégoût le cœur des honnêtes « gens..... J'ai rajouté des supplices ».

De la manière dont Flaubert a écrit la fin de son roman, *Mathô,* son XVe et dernier chapitre, sa correspondance ne nous apprend rien. Un des billets aux Goncourt dont il a été parlé plus haut, celui qui le montre occupé d'écrire les dernières lignes du chapitre XIV, contient encore cette seule phrase : « Il « me reste aussi à écrire le XVe qui sera très court. « J'espère en être débarrassé dans le courant de

(1) Ou plutôt *de la Scie.* Charles Tissot croyait en avoir retrouvé l'emplacement dans le Teniet-es-Sif (col du Sabre), non loin des plaines de Kairouan. Toutefois son collaborateur, M. Salomon Reinach, ne pense pas que cette identification soit justifiée par l'aspect des lieux. En tout cas, Flaubert n'a pas vu la vaste arène dont il s'agit, « sorte d'oasis dominée par des arêtes dentelées et accessibles seulement par trois coupures », comme disait Tissot.

« janvier (1862). Je n'en puis plus ». A Feydeau il déclare qu'il veut « publier en mars..... Je mène une « existence de curé ».

⁂

Ce que nous connaissons mieux, ce sont les inquiétudes qu'il a dès l'achèvement du manuscrit. Voici avec quelle précision mathématique il résume ses craintes à Feydeau : « Salammbô. « 1° embêtera les bourgeois, 2° révoltera les nerfs « et le cœur des personnes sensibles, 3° irri- « tera les archéologues, 4° semblera inintelligible « aux dames, 5° me fera passer pour pédéraste et « anthropophage». D'autre part ce qui le tourmente, c'est la publication des *Misérables* dont il commence à être question. « S'ils se mettent, écrit-il aux Gon- « court, à paraître en février et qu'on en donne deux « volumes tous les mois, ne trouvez-vous pas impu- « dent et imprudent de risquer *Salammbô ?* Ma pau- « vre chaloupe, mon pauvre petit joujou, sera écrasée « par cette trirème, par cette pyramide». On sait que le manuscrit des *Misérables* avait été commencé place Royale et que le livre devait être publié, dès

1848, en deux volumes : il ne fut terminé qu'à Hauteville-House, et parut au début d'avril 1862, en dix volumes. En 1865 ce fut le tour des *Chansons des Rues et des Bois*. « Douloureuse, indéfinie et monotone», dit M. Paul Bourget au sujet de la correspondance de Flaubert, « est la lamentation qui se prolonge sous tous ces violents éclats d'un tempérament déchaîné » (1). Nous l'avons entendue bien souvent dans tout ce qui précède : dans ce qui suit, nous l'entendrons encore, et de plus en plus « douloureuse, indéfinie et monotone ».

(1) Bourget, *Etudes et Portraits*, I p. 128.

CHAPITRE V

QUELS OUVRAGES FLAUBERT RECONNAISSAIT AVOIR CONSULTÉS

La composition de *Salammbô* a été pénible. Flaubert dit qu'il vit « d'une manière farouche et extravagante » ; — qu'il travaille « furieusement, roide ». Dans un billet où il appelle Feydeau « un aimable Nabouchoudouroussour », il déclare qu'il « bûche comme un nègre » ; — ailleurs, « comme trente nègres » ; — ailleurs, « comme quinze bœufs », une de ses images favorites et que George Sand se plaît à reprendre, pour son propre compte, dans sa correspondance. C'est ce qu'il aimait à appeler les *affres du style ;* ce que ses admirateurs qualifient de *besogne de forçat,* comme M. Paul Bourget, ou ses critiques, de *religion d'artiste,* comme M. Brunetière. « Il est avant tout, dit ce dernier, et par-dessus tout un érudit dans le roman, même dans le roman contemporain ; son érudition paraît solide, mais l'usage en prête à la critique ; elle est parfois impertinente, ailleurs obscure, incohérente même ». C'est aussi pour le style que Flaubert travaille, et non pas seulement pour le fond. Il nous indique lui-même les trois qualités qu'il juge nécessaires à la forme : la couleur, l'harmonie, le relief, ce dernier, comme il dit, « venant d'une vue profonde des choses », et par conséquent de ces lectures forcenées qu'on lui a reprochées souvent.

Le 4 septembre 1858 il avoue à Mlle Leroyer qu'il se couche « tous les soirs exténué comme un ma-
« nœuvre qui a cassé du caillou sur les grandes
« routes. Je ne travaille pas trop mal, pour moi du
« moins. Depuis dix-huit jours j'ai écrit dix pages....
« Je vais m'épater lourdement comme un bœuf....
« J'y crèverai.... Je me livre, dit-il à Bouilhet le 5
« octobre 1860, dans le silence du cabinet à une
« telle pantomime que j'en arriverai à ressembler à
« du Bartas qui, pour faire la description d'un
« cheval, se mettait à quatre pattes, galopait, hen-
« nissait et ruait ». Il confie aussi toutes ses fatigues à Feydeau. « Je retravaille avec plus d'acharnement
« que de succès, étant maintenant dans un passage
« atroce, un endroit de troisième plan et qui, même
« réussi dans la perfection, ne peut être que d'un
« médiocre effet ».

⁂

Si elle a été aussi exténuante, la préparation de son roman l'a entraîné à de nouvelles lectures, notamment à des recherches purement archéologiques. « J'entasse bouquins sur bouquins, notes « sur notes, écrit-il à Feydeau. Mais c'est bien diffi- « cile. — J'ai lu, lui dit-il une autre fois, et depuis « quinze jours six mémoires de l'Académie des Ins- « criptions, deux volumes de Ritter, le *Chanaan* de « Samuel Bochart, et divers passages dans Diodore. « — J'ai lu, lui écrit-il dans une autre circonstance, « et depuis dix-huit jours, en entier la Retraite des « Dix-Mille, et analysé six traités de Plutarque, la « grande hymne à Cérès dans les *Poésies Homériques* « *en grec*, de plus l'Encomium Moriae d'Erasme, et « Tabarin ». Feydeau lui envoie de Paris un Athénée dont il le remercie. A la fin de décembre 1859, il écrit de Croisset à Maurice Schlésinger et lui expose tous les travaux qu'il est obligé de faire. « Ce ne sera « pas encore pour cette année que j'aurai fini. A « propos d'un mot ou d'une idée, je fais des recher- « ches, je me livre à des divagations, j'entre dans « des rêveries infinies ».

Le 15 mars 1860 il est à Paris et il raconte à

Bouilhet l'emploi de son temps. « J'ai passé mon « après-midi au Cabinet des Médailles. Ma besogne « ne sera pas longue. J'espère qu'il en sera de même « pour les pierreries ». Le 30 du même mois il est encore à Paris et écrit à Mlle Leroyer qu'il a bien avalé « depuis le 1er février une cinquantaine de volumes». Il rentre vite à Croisset. « Je me livre à la Kabbale, « écrit-il le 3 juillet aux Goncourt, ainsi qu'à la « Mischna, à l'art militaire des anciens : un tas de « lectures qui ne me servent à rien ». Et à Feydeau : « Je me livre maintenant à quantité de lectures que « j'expédie voracement. Voilà trois jours que je ne « fais qu'avaler du latin. Quant aux Carthaginois, je « crois franchement avoir épuisé tous les textes. Il « me serait facile de faire, derrière mon roman, un « très gros volume de critique avec force citations... « Je deviens savant et triste ». Une autre fois il lui expose son état d'âme en des termes analogues. « Mes lectures ne font qu'augmenter. J'ai passé, le « mois dernier, trois semaines à Paris, à me traîner « dans les bibliothèques ; ce qui est peu divertis- « sant... Je viens de lire un livre très curieux sur la « médecine des Arabes. Actuellement je lis Cedrenus, « Socrate, Sozomène, Eusèbe, un traité de M. Obry « sur l'immortalité de l'âme chez les Juifs, le tout « *entrelardé* de *Mischna,* comme pièce de résistance ». Un ouvrage sur les drogues de l'Afrique contemporaine a fait le bonheur de Flaubert. Il en parle longuement à Bouilhet, dans une lettre datée du 5 octobre 1860. « Quels beaux détails je trouve dans « l'*Hygiène des Arabes* du Docteur Bertherand. Cata- « plasmes de sauterelles, fiels de corbeaux ! Pour « faire accoucher, des matrones leur montent sur le « ventre et les piétinent ; pour les rendre fécondes, « on leur brûle sous le nez des poils de lion et elles « avalent la crasse qui est dans les oreilles des ânes ».

⁂

En 1861 il se met à lire du Virgile. « *Je me pâme*, « écrit-il, en soulignant, à Feydeau, je me pâme « devant son style et la précision de ses mots ». Jules de Goncourt vient de lui envoyer ce qu'il appelle « des bougreries puniques ». Il lui adresse ses remerciements. « Elles doivent avoir été rappor- « tées par le major Humbert. Je connaissais les « poissons et le vase. Les trois jambes dansant sur « un taureau, cela me fait le plus grand plaisir, bien « que je n'y comprenne goutte ». Flaubert avait sans doute la carte de l'ingénieur hollandais Humbert, dressée en 1828 (celle de Thomas Shaw l'avait été en 1735), et reproduite dans Dureau de la Malle, le premier plan de Carthage qui ait été, après celui de Shaw, relevé sur place. C'est avec Humbert que

Châteaubriand avait, en 1807, parcouru l'emplacement de la grande ville. Les « bougreries puniques », dont Jules de Goncourt adressait l'image à Flaubert, sont bien connues : « les poissons », de toute espèce, seuls ou affrontés, et notamment les dauphins, et mille types de « vases » sont fréquemment représentés sur les stèles puniques. Quant aux « trois jambes dansant sur un taureau », je ne vois pas bien ce dont il a voulu parler. Les stèles puniques, que l'on avait déjà commencé à recueillir et à dessiner, il les prenait alors pour des monuments funéraires : aussi montre-t-il dans son roman, ici « deux milliers de Barbares attachés contre les stèles des tombeaux, tués à coups de flèches », là « le vieux cimetière des autochthones sous les catacombes saccagé par les Barbares et les dalles des tombeaux lancées sur les Carthaginois ». De ces stèles, dont chacun sait aujourd'hui qu'elles sont votives, il avait retenu la forme caractéristique : ne fait-il point voir Hamilcar traversant « un champ planté de longues dalles, aigues par le sommet, telles que des pyramides, et qui portaient, entaillée à leur milieu, une main ouverte, comme si le mort couché dessous l'eût tendue vers le ciel pour réclamer quelque chose ». La *main divine* est un des symboles les plus fréquents sur ces nombreux ex-voto à Baal Haman et à Tanit face de Baal, sur les « bougreries puniques » dont les érudits ont découvert ultérieurement — je cite MM. Babelon et S. Reinach — un *monte Testaccio* formé à une époque inconnue par la mise au rebut d'une quantité de ces pierres votives. C'est encore cette main ouverte qui est — ainsi que le dit M. Masqueray — suspendue aux colliers des femmes africaines,peinte sur les portes des maisons, brodée sur les drapeaux de nos tirailleurs (1).

***

Jetons maintenant un coup d'œil sur la collection de livres de toute sorte qui chargent la table où Flaubert écrit *Salammbô*. Ce qu'a pu être toute la bibliographie de son roman, de son *travail archéologique*, nous le devinons d'après le peu que sa correspondance nous fait connaître avec précision. Quelques-uns de ses amis ont pu le consulter,comme un érudit de métier capable de fournir la solution de problèmes peu accessibles à ceux qui ne sont pas des spécialistes. Ainsi George Sand, rentrant de Bretagne, demande à Flaubert de lui retrouver un livre dont il lui avait parlé à propos des monuments celtiques de Carnac et d'Erdeven. « Cette *blague* m'intéresserait beaucoup », lui dit-elle au sujet du galgal

(1) *Arch. Miss.*, 3e série, V, 1872 p. 482

de Lockmariaker et du dolmen de Plouharnel (28 septembre 1866). Lui qui avait été autrefois l'un des plus brillants élèves du collège de Rouen, le devenait, pour ses intimes, presque un savant en *us*. Voyons un peu de tout ce qui l'a aidé à faire ce que des juges plus sévères reconnaissent pour un tour de force, mais ce qu'ils traitent aussi de mystification.

Beaucoup d'auteurs anciens, et tout d'abord la littérature hébraïque. — Flaubert déclare qu'il a beaucoup travaillé la *Bible* de S. Cahen en dix-huit volumes in-8° (1830-1851), traduite avec le texte hébreu mis en regard, et pourvue de notes critiques ou historiques. « Dans la chambre de Salammbô, dit-il à Sainte-Beuve, je n'ai pas mis un seul détail qui ne soit dans la Bible ou que l'on ne rencontre encore en Orient. Vous me répétez que la Bible n'est pas un guide pour Carthage : ce qui est à discuter... Sentez donc, humez dans la Bible Judith et Esther ». C'est d'après elle (*Rois*,II. 32) qu'il place des chevaux sacrés ; d'après elle (Cahen. t. XVI.37) qu'il imagine « la chaînette des chevilles qui est dans le *Cantique des Cantiques* » ; d'après elle (Cahen. *Ezéchiel*, ch. 24. 17) qu'il montre « des barbes enfermées en signe de deuil » ; d'après elle encore (*ibid.*, ch, 28. 14) qu'il parle « de peuples qui incrustaient dans le sol de leurs appartements des pierreries » ; d'après elle enfin (*Isaïe*. 3. 3 et *Samuel* 13. 18) qu'il reconstitue en partie « la toilette des femmes ».

En outre Flaubert cite la Kabbale ; enfin le *Tal-*

mud, et de préférence, dans l'ensemble de ce recueil, la *Mischna* : c'est à elle (*tit. de Sabbatho*) qu'il emprunte quelques-uns des détails des habillements de femmes dont il est parlé dans sa réponse à M. Froehner.

Flaubert rappelle à Sainte-Beuve « le petit coin de « merveilleux qui perce à travers le grec du *Périple* « d'Hannon, — ne fût-ce que par ces peaux de goril-« les prises pour des peaux humaines et qui étaient « appendues dans le temple de Moloch (traduisez « Saturne !) et dont je vous ai épargné la descrip-« tion, — et d'une ! remerciez-moi ». Le romancier s'est inspiré de la relation — ou de l'extrait en grec qui nous reste de l'illustre navigateur carthaginois. D'après M. de Sainte-Marie, ce fameux Périple, — écrit, selon les uns, sur des tables de pierre, selon d'autres, sur un papyrus suspendu à la voûte du temple, — rappellerait les poésies, couronnées dans les tournois littéraires des Arabes, que ceux-ci avaient l'usage de suspendre au plafond de la Kaaba de la Mecque ».

Flaubert n'aime pas le *Périple*. « Montesquieu l'a admiré », dit-il à Sainte-Beuve ; « moi, non. A qui faire croire aujourd'hui que ce soit là un document *original* ? C'est traduit, raccourci, échenillé, arrangé par un Grec. Ce n'est pas un monument carthaginois... C'est un sujet de thèse de doctorat : il m'est complètement odieux ». Il avait dû lire ou dans les *Grands et petits géographes* de d'Avezac (1856), ou dans le volume Ier des *Geographici graeci minores* de Carl Müller (Didot. 1856), le récit de ce voyage des soixante navires d'Hannon qui ne s'étaient arrêtés qu'à la Corne du Midi (golfe de Cherbro. au S. de Sierra-Leone, selon les uns, — golfe de Fernando-Po même, suivant d'autres) ; — et qui probablement — c'est du moins l'idée proposée il y a une douzaine d'années par M. Guiraud — imitaient en partie la circumnavigation des navigateurs phéniciens sous le règne de Néchao.

Parmi «les nègres de la Sénégambie» à qui Flaubert aurait, selon M. Froehner, dû plusieurs curiosités, il fait figurer notamment Florus, Diodore, Ammien Marcellin. — Diodore de Sicile lui a appris, (ce qu'il rappelle à Sainte-Beuve), que, « malgré la condition imposée par Gélon en 480, dans la guerre contre Agathocle en 302, on brûla deux cents enfants à Carthage ». C'est la description même de cet historien, de qui les recherches passent pour avoir été si consciencieuses, qui inspire à Flaubert sa statue de Moloch. M. Froehner disait que « cette figure, composée de sept cages étagées l'une sur l'autre, appartient à la religion gauloise ». Flaubert a encore emprunté à Diodore l'idée de la petite statuette de la Vérité. « A la page 186 du tome II de la traduction de « Cahen, dit-il à M. Froehner, vous lirez ce texte de « Diodore. Les Carthaginois portaient au cou, sus- « pendue à une chaîne d'or, une petite figure de « pierre précieuse qu'ils appelaient la Vérité». Enfin

Diodore est un de ces « nègres de la Sénégambie », suivant le mot de son critique, qui indiquent les oreilles des éléphants peintes en bleu. — Ammien Marcellin lui a fourni « la forme exacte d'une porte » (Lettre à Sainte-Beuve). — Mais que lui a donné Florus ? nous ne le savons pas bien.

Trois autres auteurs anciens aux ouvrages de qui il avoue être des plus redevables, ce sont Athénée, Pline et Théophraste. Ils lui ont fourni, à eux trois, ainsi qu'en témoigne la lettre à Sainte-Beuve, « tous les noms qu'il a bien fallu prendre,de parfums et de pierreries». Athénée, ce compilateur grec qui était né sur le sol égyptien de Naukratis, lui a donné « la description minutieuse du manteau miraculeux (XII. 58) ». Pline et Théophraste, l'amiral de Titus et le disciple d'Aristote,lui ont fait connaître les pierres précieuses du trésor d'Hamilcar ; et « toutes »,comme il le dit dans la réplique à M. Froehner qui insinuait que « plus d'une appartenait aux légendes et superstitions chrétiennes ». C'est à Pline (XVII. 47) que Flaubert a emprunté « le détail si égayant des grenadiers que l'on arrosait avec du silphium »; à Pline (VIII. 18), « les lions crucifiés que virent Scipion Emilien et Polybe se promenant ensemble dans la campagne Carthaginoise », ainsi qu'il le rappelle à son critique. Enfin il insiste sur ce que Théophraste (*Traité des Pierreries*) et Pline (VIII. LVII) lui ont appris que des escarboucles étaient « formées par l'urine de lynx : tant pis pour Théophraste » ! dit il dans ses ripostes. C'est encore ce même Théophraste qui lui a fait placer les stèles d'émeraude à l'entrée du temple de Tanit : « Elles vous font rire, car vous êtes gai », dit-il à M. Froehner. « Elles sont pourtant mentionnées par Philostrate *(Vie d'Apollonius)* et par Théophraste *(Pierreries)*, que citent Heeren (t. II) et la traduction de Hill». Rappelons encore que Flaubert déclare qu'il avait lu en entier au moins deux fois dans sa vie, l'*Histoire Naturelle* de Pline, et qu'il a vu dans Athénée, « au chapitre des Etrusques et de leur ressemblance avec les Lydiens, qu'ils portaient des robes de femmes ».

Florus, Diodore, Ammien Marcellin, Athénée, Pline et Théophraste, ce n'est pas tout. Voici d'autres écrivains dont Flaubert se réclame hautement, le jour où « mon gros livre », — comme il disait à Sainte-Beuve — est attaqué par les critiques. Je cite un peu au hasard. « Aristote, une grosse autorité, mais qui n'est d'aucun poids, puisqu'il est antérieur à mon époque de plus de quatre-vingts ans ». — Hérodote, qui lui a fourni « les Maxyes peints de vermillon, les Gysantes qui mangent des singes, les Adramachydes de qui les femmes croquent des poux, les Lydiens qui ont des robes de femmes (IV. 194, 191 et 168) ». — Xénophon : au moins son *Anabase*. — Pausanias, qui autorise à parler de chevaux sacrés (I. 1). — Le pseudo-Lucien, auteur du traité *de la déesse de Syrie*, qui a servi pour le sanctuaire de Tanit. — Polyen, cité à Sainte-Beuve pour la mention de l'histoire de Théodore, l'ami de Cléon, lors de la prise de Sestos par les Abydiens, ainsi que pour l'une des ruses de Spendius : « Cette ruse n'est ni bizarre ni étrange, c'est presque un poncif ; et Elien aussi parle, dans son *Histoire des Animaux*, du stratagème qui consiste à effrayer des éléphants par des porcs ». — Polybe, qui a raconté (I. 65 à la fin du livre) cette terrible guerre des Mercenaires qui suivit la première des luttes de Carthage et de Rome ; c'est d'après lui qu'il rappelle que, (si Hannon a été crucifié en Sardaigne, et non auprès de Carthage), la mort de ce général appartient à la même époque, et que, d'ailleurs, ce sont bien des rebelles qui la lui infligèrent.

« Polybe, autorité incontestable, quant aux faits. Mais tout ce qu'il n'a pas vu, ou ce qu'il a omis intentionnellement, je peux bien aller le chercher ailleurs ».—Appien ; Plutarque ; l'auteur de l'Hymne homérique à Démétèr. — Elien, qui a fourni lui aussi, « l'image La Vérité qu'Hamilcar met devant lui. Le plus âgé d'entre les sénateurs, dit ce compilateur grec de Praeneste, était leur chef, leur juge à tous,et portait autour du cou une image en saphir». — Strabon, de qui le livre III est cité, entre autres documents qui prouvent qu'il y avait des sacrifices d'enfants au temps même de César et de Tibère.

De même le *pro Balbo* de Cicéron, Silius Italicus, Eusèbe et Saint-Augustin surtout sont appelés en témoignage, au sujet de ces holocaustes de petits

Carthaginois. — Parmi les auteurs chrétiens, Eusèbe, de qui la *préparation évangélique* sert à défendre contre M. Froehner la statue de Moloch ; Tertullien, qui apprend que Tanit n'est pas « la déesse de la guerre, mais celle de l'amour, de l'élément humide, femelle, fécond » ; Clément d'Alexandrie, que Flaubert va même jusqu'à appeler « saint Clément », et qui « (*pœd.* II. 13) » a fourni quelques particularités du costume des femmes. — Enfin n'oublions pas de citer, parmi les auteurs classiques, Plaute de qui Flaubert a relu soigneusement le *Pœnulus*. Il parle, dans sa réponse à M. Froehner, de cette curieuse comédie, où il y a quelques précieux fragments de langue phénicienne.

C'est au Ve acte de cette pièce que l'on voit Hannon, le vieux Carthaginois qui depuis longtemps cherche ses deux filles et qui les retrouve, courtisanes mais encore vierges, sous les noms d'Adelphasia et d'Antérastile, dans la maison du marchand d'esclaves « le Loup ». En face d'Hannon, « l'homme à longues tuniques » qu'un militaire compare à un garçon de cabaret, le mauricaud qu'il appelle « anchois pelé, cotte à ceinture étriquée, cuir puant, ignoble panse plus bourrée d'ail et d'oignon que celle des rameurs romains », nous avons aussi Giddeneme, l'ancienne nourrice des deux jeunes filles, et un esclave qui ne paraît qu'un instant : ce sont les trois personnages qui de temps en temps parlent en langue punique, et qui intéressaient tout particulièrement Gustave Flaubert.

Voici quelques ouvrages qui appartiennent à la littérature byzantine : la *Johannide* de Corippus, poète latin africain, qui a donné à Flaubert, (lettre à Sainte-Beuve), « beaucoup de détails sur les peuplades africaines » et qui a indiqué Mastimann comme l'un des dieux de là-bas (lettre à M. Froehner); — Procope, Isidore de Séville, Cedrenus, Socrate le scolastique, Hermias Sozomène qui semble avoir copié ce dernier.

⁂

Ici quelques ouvrages du XVIe siècle : notamment les *Poliorceticon libri V* de Juste-Lipse et l'*Encomium moriæ* d'Erasme. Là des livres du XVIIe siècle. La *Carthago* d'Hendreich (1664), que Flaubert cite à Sainte-Beuve pour prouver que cet auteur a réuni « des textes qui établissent que les Carthaginois avaient coutume de mutiler les cadavres de leurs ennemis ». La *Géographie sacrée* de Samuel Bochart (1646), un Rouennais comme Flaubert, mais un écrivain à l'érudition parfois inquiétante. Les *de diis Syriis syntagmata duo* de Jean Selden (1617), un publiciste anglais qui a joué un certain rôle dans la révolution d'Angleterre. Les œuvres de Tabarin, justement publiées en 1858 : s'attendait-on à voir paraître ici le chapeau mou du célèbre bateleur ?

Le XVIIIe siècle est représenté par divers mémoires de l'Académie des Inscriptions et Belles-Lettres (Flaubert a cité notamment, « dans le texte XL ou XLI, je ne sais plus, la 21e dissertation de l'abbé Mignot, où sont réunis les textes relatifs au mobilier et aux costumes de Carthage », notamment à la toilette des femmes, — et les quatre dissertations de Bougainville qui, « sans compter mainte thèse de doctorat », lui ont rendu le Périple d'Hannon « complètement odieux »).

Quant aux travaux modernes, ils abondent. Voici d'abord les inscriptions phéniciennes de Henri Arens Hamaker, cet orientaliste hollandais qui était mort en 1835, et dont les *miscellanea Phœnicia* avaient paru à Leyde en 1828. Puis Gesenius, *Palaeographische Studien über die Phoenizische Schrift* (1835), où sont pris « presque tous mes noms puniques, — défigurés selon vous », dit-il à M. Froehner, — « et notamment Kinisdo et Cynasyn ». Flaubert a indiqué les autorités d'après lesquelles il se croyait « sûr d'avoir reconstruit le temple de Tanit tel qu'il était ». Il y a en a six : 1° « Les médailles du duc de Luynes ». De quoi s'agit-il exactement ? des *études numismatiques* (1835) ? du *choix de médailles grecques* (1840) ? de la *numismatique des satrapies et de la Phénicie sous les rois Achéménides* (1846)? On peut retrouver dans le roman de Flaubert certains souvenirs des curieuses monnaies cypriotes, où les savants reconnaissent le temple de Paphos. — 2e Le traité de la déesse de Syrie. — 3e Ce qu'on savait alors du temple de Jérusalem : inutile de dire que les opinions à ce sujet ont souvent changé depuis une trentaine d'années. — 4e Un passage de saint Jérôme cité dans le *de diis Syriis* de Selden. — 5e « Le plan du temple de l'île de Gozzo, près de Malte », ou plutôt, comme les savants le pensent aujourd'hui, de deux des temples indiqués par l'un des plus curieux textes du *Corpus inscriptionum semiticarum*, l'un voué à Sadambaal, un autre à Astarté, un autre à deux divinités phéniciennes dont le nom même a péri. Ce que les insulaires de Gozzo appellent la *Giganteia*, « l'édifice des Géants », devait être connu de Flaubert par la description d'A. della Marmora, l'auteur du célèbre voyage en Sardaigne, publiée dès 1832 dans les *Annali* de l'Institut Archéologique de Rome. Comme le plus petit des sanctuaires de Gozzo n'a guère d'intérêt, comme cet édifice, « d'ailleurs construit et disposé de la même manière que le grand, n'a pas été terminé » (Perrot), Flaubert n'a cité que « *le* temple » de cette île. — 6e « Et mieux que tout cela, les ruines du temple de Thugga » : nous en avons parlé plus haut.

La *Bibliothèque médicale* du docteur Bertherand, un Africain. Le *Dictionnaire des sciences médicales* :

« l'article *Lèpre* y est mauvais », écrit Flaubert à Sainte-Beuve, « et j'en ai rectifié les données d'après mes propres observations faites à Damas et en Nubie ». Les *Religions de la Grèce antique* d'Alfred Maury, le prédécesseur de M. Th. Homolle à l'Institut : « l'un des ouvrages les plus sérieux, et l'on y a imprimé sans un K (horreur!) le mot Kabires !» (1) La *Mythologie* du docteur Jacobi, traduite par Bernard : « on y trouve une fois de plus les sept compartiments de la statue de Moloch qui indignent M. Froehner ! » L'*Histoire militaire des éléphants*, publiée en 1843 par le général Armandi qui était mort en 1855 : Flaubert y a trouvé citées l'autorité de Florus, celle d'Ammien Marcellin, celle de Diodore, celle « d'autres nègres analogues de la Sénégambie ». La *Cyrénaïque* de d'Avezac, dans l'*Univers pittoresque* de Didot (1844) : elle mentionne, dans les environs de Cyrène, le temple de ce dieu Aptoukhos dont s'est raillé M. Froehner. L'*Encyclopédie catholique*. Le mémoire de Rossignol *sur l'Orichalque*. La *Géographie* de Karl Ritter qui venait de mourir en 1859, traduite en français. Le *Roman de la Momie* de Théophile Gautier : « à mon maître et ami, M. Froehner, qui ne modère point les transports de son indomptable verve, reproche folâtrement d'avoir prêté à une

(1) C'est là encore une boutade contre les *Poèmes antiques* de Leconte de Lisle. « Le centaure Chiron y a repris le K, qui lui donne un aspect farouche », dira de même Théophile Gautier dans son *Rapport sur la Poésie* en 1867.

femme des pieds verts, quand il lui a donné des pieds blancs ». Ce dernier ouvrage est justement de 1858 : Gautier avait donné en 1853 ses célèbres *Emaux et Camées*, peu après son voyage en Grèce où la vue du Parthénon l'avait guéri de ce qu'il appelle « la maladie gothique ». Une dizaine d'années avant Renan, Gautier avait récité, lui aussi, sa *prière à l'Acropole*. Carthage, dont les ruines ne sont vraiment rien auprès de celles d'Athènes, ne pouvait exercer une même influence sur Flaubert. « La maladie gothique » le ressaisira, lui aussi, lorsqu'il écrira sa *Légende de saint Julien l'hospitalier*, ce que M. Brunetière nomme « le vitrail de la collection réaliste ». Ajoutons que Flaubert rappelle encore à M. Froehner « les colosses égyptiens d'Abou-Simbal, qui ont la barbe enfermée en signe de deuil » ; le bras de la momie « rapportée d'Egypte par M. Passalacqua et conservée au Musée de Turin » ; les Sakiehs, les vêtements noirs. « Mais vous dédaignez les voyages ! »

« Je ne sais », dit-il à la fin de sa riposte à M. Froehner, « ni l'hébreu, ni l'arabe, ni l'allemand, ni le grec, ni le latin ; je ne me vante pas de savoir le français ; j'ai usé souvent des traductions, mais quelquefois aussi des originaux ». Et quant à l'orthographe des noms anciens, — « je ne peux pas, par respect pour le lecteur français, écrire Hannibal et Hamilcar sans *H*, puisqu'il y a un esprit rude sur l'*alpha*, et m'en tenir à Rollin ! Un peu de douceur ! »

Ce n'est pas tout. Dans sa réponse à Sainte-Beuve, Flaubert citait le tarif phénicien de Marseille, cette inscription aussi fruste que précieuse, qui avait été exhumée en 1845 : « un vrai monument cathaginois, écrit en punique, et simple celui-là, je l'avoue ». Il rappelait encore l'inscription funéraire d'Eschmounazar, roi de Sidon, trouvée en 1855, et dont la découverte avait fait grand bruit. Il la donnait comme un exemple de l'emphase et de la redondance avec lesquelles un Oriental, dit-il, écrivait. « Des « gens qui se font appeler *fils de Dieu, œil de Dieu* « (voyez les inscriptions d'Hamaker), ne sont pas « simples comme vous l'entendez ». Renan a jugé aussi sévèrement ce texte célèbre, « d'un tour gauche, écrit-il, pénible, fastidieux, long verbiage d'un homme de petit esprit, obsédé de terreurs pour la cuve qui renferme ses os ». De nos jours, Flaubert n'aurait pas manqué de citer en regard l'inscription de Tabnith, le père d'Eschmounazar, découverte en 1887 par Hamdi-Bey à Sidon. Quelques années après que le chancelier du consulat de France à Beyrouth, M. Peretié, eut trouvé le fameux monument qui repose au Louvre, Flaubert ne pouvait avoir regardé d'un œil indifférent le cercueil de basalte, poli, acquis par le duc de Luynes et enlevé par l'équipage de la corvette *la Sérieuse*. « Dix paires de bœufs traînaient « le sarcophage couvert de fleurs et de branches de « palmier, sur le rivage de Saïda », écrit le duc de Luynes ; « sarcophage d'un roi dont les vaisseaux avaient peut-être visité les côtes de la Gaule encore barbare, pendant leurs fréquentes navigations vers les îles septentrionales, aux extrémités du monde connu ».

⁂

Outre ces textes de toute sorte, quelques inscriptions imparfaitement interprétées et quelques objets d'art, que savait-on, lorsque Flaubert vint à Carthage en 1858, de précis, ou d'un peu exact au moins, sur la topographie de la patrie d'Hamilcar Barca ?

Dureau de la Malle venait de mourir en 1857, l'année précédente. Sa *Carthage* datait de 1835 et son *Afrique* dans l'*Univers* de Didot, de 1840. Il appuyait, a dit M. de Sainte-Marie, ses recherches sur des extraits des auteurs anciens, et donnait deux plans de la Carthage punique et romaine, lesquels sont reproduits dans l'*Univers* de Didot.

Dureau de la Malle s'était inspiré de Falbe, capitaine de vaisseau et consul général de Danemark à Tunis. Falbe avait dressé en 1831 et publié, dès 1833, un plan de Carthage et des *Recherches* où il s'occupait sérieusement, et le premier, sur les lieux mêmes, de la topographie de la ville de Didon.

M. Froehner reprocha à Flaubert de n'avoir consulté ni l'un ni l'autre de ces ouvrages. « J'aurais pu « en tirer profit, dites-vous. Mille pardons. Je les ai « lus, plus souvent que vous peut-être, et sur les « ruines de Carthage ». M. Froehner laissait entendre que Flaubert n'avait aucune idée de l'emplacement et de la disposition de l'ancienne cité « moins encore que Dureau », ajoutait-il. Et Flaubert de s'écrier : « Mais que faut-il croire ? à qui se fier, « puisque vous n'avez pas eu jusqu'à présent l'obli- « geance de révéler votre système sur la topographie « carthaginoise ? »

Déjà Tissot, qui venait de s'éloigner de l'Afrique, avait reconnu la nécessité de rectifier ou de confirmer les hypothèses de Shaw et de Mannert, surtout, comme il le dit, « de faire une rude guerre à M. Pellissier ». L'ouvrage de ce dernier, il ne semble pas que Flaubert l'ait connu.

Il cite celui de Movers, *die Phoenizier*, qui lui avait fourni notamment « l'explication peu décente, mais « claire, du nom de Tiratha, l'un de tous ceux par « lesquels Salammbô invoque Tanit ». Movers est le savant qui a accrédité l'opinion d'après laquelle la ville tyrienne aurait été précédée par une colonie sidonienne. Son livre publié à Bonn, est de 1841. « Les documents sur Carthage existent, et ne sont « pas tous dans Movers », dit-il à Sainte-Beuve.

Et c'est à peu près tout ce que Flaubert pouvait consulter le plus utilement, avec la carte de la

Régence, au 1/400 000, que le dépôt de la guerre venait de publier en 1857 et qui a longtemps rendu des services.

L'année même où il visitait Carthage, Nathan Davis, chargé de recherches pour le compte du British Museum, y ouvrait des tranchées et y préparait son *Carthago and its remains,* qui allait paraître en 1861 et qui est détestable. Aussitôt après lui, Beulé, alors professeur d'archéologie à la Bibliothèque impériale, venait fouiller les fortifications puniques de Byrsa, les forts et la nécropole de Gamart. La colline de Saint-Louis, où les Arabes avaient « traîné eux-mêmes la statue de M. Seurre, où un bataillon de nizams du bey s'était attelé au char que les chevaux du pays tiraient en désordre », et en outre le bord de la mer et quelques-unes des sépultures de la montagne voisine, avaient été sondés par Beulé ; en 1861 il publia ses *fouilles à Carthage,* dont Tissot a rejeté plus d'une affirmation (1). Peu après, un des anciens camarades de Beulé à l'Ecole d'Athènes mit le pied en Tunisie et son travail est encore cité comme le modèle des journaux de voyage. C'est Victor

(1) Beulé signale notamment « dans une cour du Bardo, une énorme colonne de granit, qui avait deux mètres de diamètre et que l'on commençait à scier. Pour l'amener (de Carthage), on avait ajusté à chaque extrémité de la colonne un boulon en fer. On l'avait transformée par là en rouleau auquel il était aisé d'atteler des chevaux et des hommes ». Tous les touristes qui ont été au Bardo, ont vu cette énorme colonne dans la cour du musée Alaoui.

Guérin, de qui le duc d'Albert de Luynes a fait paraître le *voyage archéologique dans la Régence de Tunis*. Flaubert a-t-il connu les travaux de Beulé (1860), de Davis (1861), de Guérin (1862)? rien ne l'indique. Il avait dû manier l'*Univers pittoresque*, d'autant qu'il se défend d'y avoir pris « des passages sans discernement », comme disait M. Froehner, notamment « les barbes enfermées en signe de deuil, les « escarboucles formées par l'urine des lynx, les « lions crucifiés ».

Flaubert a étudié le célèbre plan de Falbe, « minutieux travail géométrique » que M. Pricot de Sainte-Marie dans sa *Mission à Carthage* publiée en 1884, n'a pas peu contribué à faire connaître et surtout à mettre à la portée du plus grand nombre, — et d'autre part les deux planches de Dureau de la Malle, « exactes et d'un haut intérêt ». C'est en souvenir des recherches qu'il y avait faites, qu'il déclarait à M. Froehner que « d'autres mieux informés ne par « tagent pas un tel scepticisme. Si l'on ignore où « était le faubourg Aclas, l'endroit appelé Fuscianus, « la position exacte des portes principales dont on a « les noms, etc..., on connaît assez bien l'emplace« ment de Carthage, l'appareil architectonique des « murailles, la Taenia, le Môle et le Cothon. On sait « que les maisons étaient enduites de bitume, et les « rues, dallées. On a une idée de l'Aneò décrit dans « mon chapitre XV. On a entendu parler de Malquà, « de Byrsa, de Mégara, des Mappales et des Cata-

« combes, du temple d'Eschmoun situé sur l'Acro-« pole, et de celui de Tanit un peu à droite en « tournant le dos à la mer ». Qu'aurait pensé Flaubert, s'il eût vécu jusqu'à l'époque où Tissot déclara, à la fin du tome premier de sa *Géographie comparée de la province d'Afrique*, que l'on ne sait presque rien de Carthage; que la topographie de Dureau de la Malle fait honneur à son imagination plus qu'à sa critique; que les conclusions de cet auteur ont été trop souvent reproduites; que l'on a prêté trop d'autorité à ce qu'il appelle «des conjectures fondées sur des données insuffisantes et sur des rapprochements arbritraires »; que le plan muet de Falbe vaut encore mieux; (voilà pour la Carthage romaine); — enfin, que de la ville punique, « il ne reste guère que les vestiges de l'enceinte » ? Il serait curieux de savoir si Flaubert a lu, plus tard, les *Emporia* de Daux, dont la mission, véritable déni de justice envers Tissot, fut très coûteuse et, de l'avis des savants, ne donna que de médiocres résultats. Connut-il cet ouvrage, publié en 1869 ? ses restitutions téméraires ? ses plans, dont M. Reinach a dit qu'ils sont, «pour une grande part (aujourd'hui impossible à déterminer), des œuvres de fantaisie » ? Connut il aussi l'article que Daux inséra dans le *Tour du Monde* de 1872 : rêverie qui semble pasticher médiocrement quelques pages de *Salammbô*, et qui est donné comme l'important résultat « de travaux archéologiques, de levers de plans, d'opérations géodésiques » ? Mieux vaut assurément le poème de Flaubert, même avec ses rues des Tanneurs, des Parfumeurs, des Teinturiers, dont il devait avouer à M. Froehner qu'aucun texte ne prouve qu'elles existèrent : « c'est en tous cas une hypothèse vraisemblable, convenez-en ».

CHAPITRE VI

L'ACHÈVEMENT DU LIVRE ET SA PUBLICATION (1862)

Malgré toutes ces lectures, Flaubert a avoué de lui-même la plupart des fautes qu'il a certainement commises contre l'histoire.

A Sainte-Beuve il confesse qu'Hannon est une « coquinerie. Par amour de la clarté, j'ai faussé l'his- « toire quant à sa mort. Il fut bien, il est vrai, cru- « cifié par les Mercenaires, mais en Sardaigne. Le « général crucifié à Tunis en face de Spendius s'ap- « pelait Hannibal. Mais quelle confusion cela eût « fait pour le lecteur ». De même dans sa réplique à M. Froehner, où il cite avec précision « Polybe, livre I, chapitre 17, » et dans son billet à Guéroult.

Quant à l'adversaire d'Hannon, « le Suffète de la mer Hamilcar Barca », l'histoire parle de lui plus encore que de son rival. Elle connaît aussi ce Giscon qui, chargé de comprimer la révolte des merce naires, périt sous leurs coups, et surtout Hannibal, fils d'Hamilcar, et Mathô. Si l'histoire ignore

Salammbô, elle nomme bien le Campanien Spendios, esclave fugitif de Rome, elle commémore l'égorgement des sept cents prisonniers et le guet-apens du défilé de la Hache, et illustre les horreurs de ce qu'on a appelé « l'inexpiable guerre (241-238) ».

Il est bien inutile d'insister longuement sur les erreurs historiques de son livre. Nous cherchons à indiquer, d'après sa correspondance même, que son effort archéologique a été très soutenu et que *Salammbô,* si la fantaisie y a une large part, réussit néanmoins à éveiller le souvenir de ce que les savants disent avoir appris grâce aux découvertes de ces trente dernières années. Tel est notre unique objet : il y aurait un certain pédantisme à chercher autre chose. Il reste cependant à montrer encore ce que M. Bourget appelle, dans ses *Etudes et Portraits,* en termes un peu subtils, « la fleur noire du nihilisme de Flaubert, dont le parfum mortel est épars dans toutes ses œuvres, et qui avait sa racine dans une sensibilité maladive ». Au milieu de telles fatigues et d'un semblable labeur, Flaubert éprouve bien peu de satisfaction avec ses quinze chapitres qu'il a achevés.

Souvent nous le voyons entièrement découragé. « Les aventures de Mlle Salammbô, quel chien de « sujet » ! écrit-il à Feydeau en 1858. « Je passe alter- « nativement de l'emphase la plus extravagante à la « platitude la plus académique. Cela sent tour à tour

« le Petrus Borel (1) et le Jacques Delille. J'ai peur « que ce ne soit poncif et rococo en diable ». Le 26 décembre de cette même année, il lui annonce que, au retour d'un très court voyage à Paris, il a jeté au feu un paquet de papier, « la préface à laquelle « j'avais travaillé deux mois cet été ». Dans un billet adressé à Mme Schlésinger, le 16 janvier 1859, il appelle son roman « une tentative ambitieuse, s'il en « fut ». D'après une lettre à Feydeau, il juge que, « depuis que la littérature existe, on n'a pas entre- « pris quelque chose d'aussi insensé » ; et dans une autre, il déclare qu'il faut « être absolument fou « pour de semblables bouquins ». Le 4 juilet 1860 il s'emporte, et dit à Feydeau, qui est en Afrique : « J'aurai un joli poids de moins sur la conscience, « quand ce s..... bouquin sera fini ». En 1861 il en donne aux Goncourt un aperçu bien peu sédui- sant. Il lui semble que *Salammbô* est « *embêtante* « *à crever*. Il y a un abus évident du *tourlourou* « antique ; toujours des batailles ; toujours des fous « furieux. On aspire à des berceaux de verdure et à « du laitage. — *Carthage* me fera *crever* », dit-il à Feydeau. Il croit aussi qu'il y a trop de « troupiers ».

(1) Pétrus Borel, autrement dit *Champavert le Lycanthrope*, un mystificateur qui fut peut-être l'un des « *bousingots* » les plus détraqués.

⁂

Ce qui soutient Flaubert aux heures de dépit, c'est d'abord la beauté du sujet, puis son caractère étrange ; enfin la joie qu'il éprouve à s'évader du milieu de ces *bourgeois* qu'il exècre, à fuir loin de son temps, à se réfugier dans ce passé carthaginois. En voici pour preuve la jolie lettre qu'il adressse, le 11 juillet 1858, à Mlle Leroyer : « J'ai songé à vous « sur la plage d'Afrique où je me suis diverti dans « un tas de songeries historiques et dans la méditation du livre que je vais faire. J'ai bien humé le « vent, bien contemplé le ciel, les montagnes et les « flots, visité à fond la campagne de Tunis et les « ruines de Carthage... Je suis encore au début ; « mais je vais, pendant quelques années peut-être, « vivre dans un sujet splendide et loin du monde « moderne dont j'ai plein le dos... Il faut écrire pour « soi ». A Feydeau il dit qu'elle ne sera « ni romaine « ni latine ni juive, la *drogue*. Je te jure bien, de par « les prostitutions du temple de Tanit, que ce sera « *d'un dessin farouche et extravagant*, comme dit notre « père Montaigne. — Je me suis occupé d'hystérie», écrit-il le 18 février 1859 à Mlle Leroyer, « et d'aliénation mentale à propos de ma *Salammbô*. — Le

« bouquin ne sera pas divertissant », dit-il à Feydeau. « Il faudra que le lecteur ait un fier tempéram-« ment pour subir au moins quatre cents pages « d'une pareille architecture ». A la fin de décembre 1859 il écrit de Croisset à Maurice Schlésinger : « Notre âge est si lamentable que je me plonge avec « délices dans l'antiquité. Cela me décrasse des « temps modernes ».

Aussi Flaubert est-il vraiment heureux à certains jours. « Je commence à aller dans Carthage », écrit-il dès 1858 à Duplan qu'il met au courant de ses opinions sur Victor Hugo : il ne lui dissimule point qu'il a « maintes fois *cuydé* de rire à la lecture « des *Contemplations* (1). Je vous assure, lui dit-il, « que c'est monté. Trop, peut-être » ? Le 26 décembre de la même année il ne cache pas à Mlle Leroyer qu'il est content de se retrouver à Croisset et de continuer son travail. « Je commence *enfin* à m'amuser « dans mon œuvre... Je ne pense plus qu'à Carthage... » Avec Madame Schlésinger il paraît montrer un peu plus de fierté le 16 janvier 1859 : « ce livre « me couvrira de ridicule ou me placera très haut ». En 1859 il aime à dire à Duplan qu'il est « dans un dédale », mais il écrit aussitôt après à Feydeau en termes plus fermes. « Mes conjectures sont, je crois, « sensées. J'en suis même sûr d'après deux ou trois « choses que j'ai *vues*. » S'il ajoute, par habitude plus

(1) Publiées en 1856.

que par modestie, que ce ne sera pas « un bon livre », il prend le soin de corriger cette fâcheuse impression : « Qu'importe ! s'il fait rêver à de grandes choses ». S'il dit à Madame Roger des Genettes que son livre le « désespère », il s'empresse de confier à Feydeau qu'il commence « à voir un peu les « personnages. Je crois qu'ils ne sont plus mainte- « nant à l'état de mannequins décorés d'un nom « quelconque ».

Toutefois la forme de *Salammbô* le tourmente. Il parle aux Goncourt, le 3 juillet 1860, du style de son œuvre qui n'est pas encore, et tant s'en faut, achevée. « Je crois que j'ai eu les yeux plus grands que « le ventre. Reste la ressource de faire *pohétique.* « Mais on retombe dans quantité de vieilles blagues « connues, depuis le *Télémaque* jusqu'aux *Martyrs* ». Ce passage de la lettre est des plus curieux. Flaubert affirme à Sainte-Beuve qu'il n'a pas voulu « faire un poème, être classique dans le mauvais sens du mot » ; il lui reproche de le « battre avec *les Martyrs* » ; il cherche à établir que le système de Châteaubriand lui semble « diamétralement opposé » au sien. On n'est plus en général de son avis. « Le spleen corrosif et âcre de Flaubert laisse bien loin derrière soi la torpeur de Châteaubriand, nostalgie de vieux lion », dit M. Bourget dans ses *Etudes et portraits*(1). D'autre part, M. Brunetière, au lendemain de la mort

(1) I, p. 130.

de Flaubert, signalait la passion avec laquelle il avait étudié Châteaubriand ; des phrases sont démarquées, et l'analogie des effets est instructive. Avant *Salammbô*, il avait appliqué cette méthode aux espaliers, aux hirondelles et aux ruisseaux de sa Normandie, sans chercher « des paysages et des mœurs que l'éloignement, à travers le temps et l'espace, rende plus poétiques ». De même la façon dont le trait final est habilement choisi pour donner de la rondeur et du nombre à la phrase, c'est encore du Châteaubriand (1). Dans ses *Essais de psychologie contemporaine*, M. Bourget a insisté sur l'exaltation que des phrases de Châteaubriand causaient à Flaubert. « Il en récitait les magnifiques périodes avec cette voix de tonnerre qu'il appelait son *gueuloir*... C'est avec frémissement qu'il criait, plutôt encore qu'il ne la déclamait, la mélopée sur la lune, dans *Atala* » (2).

Reprenons la lettre de Flaubert aux Goncourt. « Je « ne parle pas du travail archéologique qui ne doit « point se faire sentir, ni du langage de la forme « qui est presque impossible. Pour être vrai, il fau- « drait être obscur, parler charabias, bourrer le « livre de notes. Si l'on s'en tient au ton littéraire et « *francoys*, on devient banal. *Problème*, comme dirait « le père Hugo ». Les moindres choses l'amusent.

(1) *Roman Naturaliste*, p. 168, 170, 183.
(2) P. 118.

Ainsi dans un billet à Feydeau qui est de 1860, « comme fond ça devient coquet. On a déjà com- « mencé à se manger », et dans un autre qui est de 1861, « je cherche à rattacher le mythe de Proserpine « à celui de Tanit ».

Le travail *archéologique* dont Flaubert disait en mars 1857 à Mlle Leroyer de Chantepie qu'il était occupé, s'achève aussi rapidement que possible. Pour la forme, il veille à ce que rien n'y rappelle les peintures de Girodet, ni le *Télémaque* de Fénelon, ni les œuvres de Marmontel, ni les *Martyrs* de Châteaubriand, ni le style de Delille ou de Petrus Borel ou de Victor Hugo, ni les *Poèmes Antiques* de M. Leconte de Lisle qui avaient été publiés en 1853 (1), ni les *Fleurs du Mal* de Baudelaire.

« Les Leconte de Lisle et les Baudelaire », écrit-il à Sainte-Beuve, « sont moins à craindre que les... et « les... dans ce doux pays de France où le superficiel « est une qualité, où le banal, le facile, le niais sont « toujours applaudis, adoptés, adorés » (2). Quant

(1) Les *Poèmes barbares* sont de 1862.

(2) Dans son *Rapport* de 1867, Théophile Gauthier n'est pas moins sévère. Les *Poèmes Antiques* de Leconte de Lisle émurent, dit-il, « tous ceux qui sont sensibles à l'art sérieux » par leur caractère de hautaine impersonnalité, par l'empreinte profonde de l'esprit antique, par une sorte de *nirvana* indien.

Quant aux *Fleurs du Mal*, c'est un volume « d'une bizarrerie profonde, sans ingénuité ni candeur ; Baudelaire, un poète singulier, subtil, paradoxal, qui s'inspire un peu trop d'Edgar Poë ».

au fond de l'œuvre qu'il a entreprise, ou plutôt rêvée, depuis cinq années, laissera-t-elle, « cette truculente facétie », voir tout ce qu'elle a coûté de recherches ? « Je n'ai pas eu la prétention de faire l'Iliade ni la Pharsale », réplique-t-il à l'article des *Nouveaux Lundis*. A quoi Sainte-Beuve s'empresse de répondre qu'il est heureux de l'avoir amené « à sortir toutes ses raisons » ; que le soleil d'Afrique a donné éruption « à toutes nos humeurs, à tous, même à nos humeurs secrètes » ; que *Salammbô* est désormais, « indépendamment de la dame, le nom d'une bataille, de plusieurs batailles ».

Avant le printemps de 1862, *Salammbô* était entièrement terminée. « Je vous demanderai d'abord, monsieur », écrira Flaubert le 21 janvier 1863 à M. Froehner, « pourquoi vous me mêlez obstinément « à la collection Campana en affirmant qu'elle a été « ma ressource, mon inspiration permanente ? Or « j'avais fini *Salammbô* au mois de mars, six semai- « nes avant l'ouverture de ce Musée ». Et le 2 février 1863 il insistera auprès de M. Guéroult sur ce que M. Froehner n'a pas daigné « répondre un seul mot « touchant : 1° etc... 18° le Musée Campana. Enfin, « ajoutera-t-il, puisqu'il se mêle de ma biographie, « (comme si je m'inquiétais de la sienne !) en affir- « mant par deux fois, (il le sait !) que j'ai été six ans « à écrire *Salammbô*, je lui avouerai que je ne suis « pas bien sûr, à présent, d'avoir jamais été à « Carthage ».

***

En 1862 il s'agit de publier *Salammbô*. Flaubert lit son œuvre aux frères de Goncourt. C'est, — nous employons ses termes toujours quelque peu excessifs, — « une gueulade punique jusqu'à crevaison des auditeurs ». Le terme est de ceux qu'il affectionnait. « Flaubert disait de lui-même : Je ne sais qu'une phrase est bonne qu'après l'avoir fait passer par mon *gueuloir*. L'expression n'est guère élégante ; mais, à lire ses lettres, on comprend qu'elle fut très juste. Dans son imagination la phrase se criait » (1). La gueulade qui a lieu chez les Goncourt, est coupée par un grand dîner dont il nous a gardé le menu : « Dîner oriental, chair humaine, cervelles de bour- « geois, clitoris de tigresses sautés au beurre de « rhinocéros ». Ce qui lui semble moins drôle que ce festin, que cette « gueulade », ce sont les démarches auprès des éditeurs, notamment les visites chez Michel Lévy, « Lévy qui doit acheter mon nom et rien que cela » ; ce sont les négociations avec ceux qui veulent illustrer le roman sous presse,

(1) Bourget, *Etudes et Portraits*, I p. 127.

« des illustrations ! je trouve cela stupide, et plutôt « rengaîner le manuscrit ». Une lettre à Duplan ne laisse pas subsister de doutes sur l'opinion défavorable que le grand écrivain avait des dessinateurs (1). « Ah ! qu'on me le montre, s'écrie-t-il, le *coco* qui « fera le portrait d'Hannibal et le dessin d'un « fauteuil carthaginois ! Ce n'était guère la peine « d'employer tant d'art à laisser tout dans le vague « pour qu'un pignouf vienne démolir tout mon rêve « par sa précision inepte ». Les plus longues démarches ont un terme, et Flaubert finit par se débarrasser de son roman. En septembre il signe un traité « avec Lévy, à des conditions extrêmement avanta« geuses (2)... Le livre peut paraître à la fin d'oc« tobre ».

Nous avons déjà rappelé quelles critiques il souleva ; — notamment les trois articles de Sainte-Beuve dans les *Nouveaux Lundis,* auxquels Flaubert répond en décembre 1862, ce qui lui vaut un billet très flatteur de son « cher maître » à la date du 25, — et d'autre part les sévérités de M. Froehner dans la *Revue Contemporaine,* auxquelles il riposte d'abord par une longue lettre qu'il lui adresse le 21 janvier

(1) Flaubert garda toujours cette haine de l'illustration. Plus tard il refusera obstinément son portrait à l'éditeur Lemerre, à l'époque où ce qu'il nomme « une scie » lui sera fait par Victor Hugo et par George Sand au sujet de l'Académie française.

(2) Il ne rentrera que le 1er janvier 1873 dans la propriété de *Madame Bovary* et de *Salammbô.*

1863 puis, attaqué à nouveau, par un billet court qu'il adresse à M. Guéroult le 2 février. Ce sont les documents les plus intéressants de la querelle. « M. Lebrun (de l'Académie), un homme juste, « écrivait avec raison Sainte-Beuve, me dit l'au- « tre jour à propos de vous : Après tout il sort « de là un plus gros monsieur qu'auparavant. « — Ce sera l'impression générale et définitive ». Pierre Lebrun, natif de Provins, avait habité la Normandie, et notamment l'ancien manoir des Montmorency, à Tancarville près de Lillebonne. Pour Flaubert, qui habitait à Croisset, plusieurs lieues en amont, l'opinion de ce poète avait-elle quelque importance ? Lebrun, alors âgé de soixante-dix-huit ans, était sénateur, ancien pair de France, et membre de l'Académie française depuis 1828 ; il venait de donner en 1858 une édition complète de ses œuvres. Lebrun est un des dix-sept Académiciens qui en 1841, contre quatorze, avaient enfin élu Victor Hugo : l'autre représentant de la Normandie à l'Académie, Casimir Delavigne, s'était signalé déjà, dans trois élections antérieures, par une âpreté singulière contre le poète que Flaubert avait appelé à son tour « un immense bonhomme ». C'est au *Voyage en Grèce* de Lebrun (1828) qu'appartient un morceau bien connu, *la Vallée de Sparte*, avec ses lauriers-roses, la Grecque qui file, le berger d'Amyclée couronné de fleurs de glatinier, la musulmane à cheval et que suit un esclave africain portant une perdrix dans une cage d'or, l'aga aux armes d'argent, des oliviers, et un vase de marbre renversé. Théophile Gautier comparait Lebrun à « ces navigateurs qui devinent les terres prochaines au souffle odorant des brises ». Sainte Beuve a dit vrai, et Flaubert avait raison de se déclarer « radouci » après le troisième article des *Nouveaux Lundis* que, dans sa correspondance avec Théophile Gautier, il appelle cependant « une IIIme Philippique ». C'est encore « à son vieux Théo » qu'il adresse des remerciements en 1863 pour ce qu'il nomme « son Panégyrique de Trajan : il me venge, et au-delà » : c'est à lui aussi qu'il annonce l'envoi de ce qu'il qualifie « la réponse au sieur Froehner », les lettres insérées dans l'*Opinion Nationale* des 24 janvier et 4 février 1863.

*
* *

Salammbô eut vite les honneurs d'une réédition. Dans une lettre à Madame Gustave de Maupassant, il parle de la réimpression de « sa *Carthaginoise*. On « m'a appelé ilote ivre. On a dit que je répandais un « air empesté. On m'a comparé à Châteaubriand et « à Marmontel. On m'accuse de viser à l'Institut. « Une dame a demandé si Tanit n'était pas un diable ».

Flaubert aimait à railler les jugements, parfois superficiels, de certaines dames qu'il rencontrait. M. Bourget rappelle à ce propos dans ses *Etudes et Portraits*, l'histoire d'une *personne* qui lui disait que Renan est un coquin, et qui avouait ensuite n'avoir lu aucun de ses livres. « C'est une dinde ; mon sang de sauvage me revient ; je vois rouge ». Il se contenait mieux, lorsque sa réplique à Guéroult se terminait par ces mots : « M. Froehner a appris à beaucoup de monde son existence. Cet étranger tenait à être connu ; il l'est..... avantageusement ».

Du moins on se passionne pour et contre le livre nouveau. George Sand, écrivant de Palaiseau à Maurice Sand qui de Nohant lui avait demandé conseil pour son roman « *le Coq aux cheveux d'Or* », se souviendra du tapage soulevé par Flaubert. « Pour tout ce qui est érudition », lui dira-t-elle (29 juin 1865), « tu es plus ferré que moi. Je voudrais t'épargner les critiques qui ont écrasé *Salammbô*, ouvrage très fort, très beau, mais qui n'a vraiment d'intérêt, que pour les artistes et les érudits. Ils le discutent d'autant plus, mais ils le lisent ; tandis que le public se contente de dire : C'est peut-être superbe; mais les gens de ce temps-là ne m'intéressent pas du tout».

George Sand en demeura l'une des plus fidèles admiratrices. En mai 1867 elle raconte à Flaubert qu'il y avait chez elle, à Nohant, « des gens pas trop bêtes qui ont parlé de *Madame Bovary* très bien, mais qui goûtaient moins *Salammbô* ». La discussion s'échauffa, notamment grâce à la verve de sa bru, la fille du graveur Calamatta. «Lina», dit George Sand, «s'est mise dans une colère rouge, ne voulant pas permettre à ces malheureux la plus petite objection. Maurice a dû la calmer. Là-dessus il a très bien apprécié l'ouvrage, en artiste et en savant; les récalcitrants ont rendu les armes; ce qu'il a dit, cette fois, c'était extraordinairement réussi ». — Quelques mois après, elle lui raconte comment elle a résumé ses impressions de Normandie. « J'ai pu y encadrer entre guillemets trois lignes de *Salammbô* qui me paraissent peindre le pays mieux que toutes mes phrases et qui m'avaient toujours frappée comme un coup de pinceau magistral. En feuilletant pour retrouver ces lignes, j'ai naturellement relu presque tout, et je reste convaincue que c'est un des plus beaux livres qui aient été faits depuis qu'on fait des livres » (octobre 1867). — Un an après, nouvelle et « jolie prise de bec pour *Salammbô*. Quelqu'un que tu ne connais pas », dit-elle à Flaubert (juillet 1868), « se permettait de ne pas aimer çà. Maurice l'a traité de *bourgeois*. Pour arranger l'affaire, Lina a déclaré que son mari aurait dû dire *imbécile* ». — Enfin, lorsque Flaubert a publié son *Education sentimentale* qui eut si peu de succès (1), en 1869, l'année où il eut la douleur de perdre son intime ami Louis Bouilhet, toujours le petit cercle de Nohant continue à se sou-

(1) Chef d'œuvre du réalisme misanthropique (Brunetière).

venir du célèbre roman. « Hier, Lina me disait », écrit George Sand (janvier 1870), « qu'elle admirait beaucoup tout ce que tu fais, mais qu'elle préférait *Salammbô* à tes peintures modernes ».

Flaubert, décoré par l'Empire en 1866, ne retrouva même plus le bruit qu'avait causé son roman punique. Au 1er janvier 1873, il rentre dans la propriété de cette œuvre. Tel est son désintéressement que, en dépit des éditeurs qui le harcellent, c'est seulement en juin 1874 qu'il la réédite, quoiqu'il fût alors très besogneux. Le 12 mars 1873 il écrit à George Sand que depuis janvier *Madame Bovary* et *Salammbô* lui appartiennent. « Je pourrais les vendre. Je n'en fais rien, aimant mieux me passer d'argent que de m'exaspérer les nerfs. Tel est votre vieux troubadour » (1). En 1874, après l'avoir enfin annoncée pour 1868, Flaubert donne *la Tentation de saint Antoine*, qui se déroule aussi en Orient. « Succès ou non, écrit alors George Sand, c'est superbe ; mais, dame, çà ne peut pas être populaire : les lettres s'en vont ». Là encore on a reconnu un abus de l'érudition archéologique, philosophique et religieuse. En 1877, son malheureux *Candidat* ; — ses *Trois contes* ; « certainement ce qu'il avait encore exécuté de plus faible », dit M. Brune-

(1) C'est le seul détail intéressant, du moins en ce qui concerne *Salammbô*, que contienne le volume IV de la correspondance de Flaubert.

tière (1), — sa lourde féerie du *Château des Cœurs*. Enfin il laisse inachevé, lorsqu'il meurt en 1880, son *Bouvard et Pécuchet* pour lequel il avait lu et annoté, ainsi qu'il l'avoue dans sa correspondance, « plus de 1500 volumes en quelques années » (2).

M. Brunetière estime que ce n'est pas la peine de « savoir calquer la verité comme à la vitre, si l'on n'applique enfin ce curieux talent qu'à décrire les jardins imaginaires d'Hamilcar et le temple conjectural de Tanit ou celui de Baal-Eschmoûn. Ou plutôt », ajoute-t-il, « n'est-ce pas bénévolement compromettre le profit littéraire de tant de travail et de persévérance obstinée, que d'ôter au public les moyens de vérifier l'exactitude de l'observation. Flaubert brisa donc avec l'érudition et l'archéologie: c'est alors qu'il essaya du théâtre et son *Candidat* fut sa dernière erreur » (3). George Sand avait doucement critiqué ce culte de la forme où Flaubert s'était renfermé toute sa vie, cette passion de la phrase bien

(1) M. Brunetière signale, dans Hérodias, « l'étalage d'érudition, le déploiement de magnificence orientale, les couleurs aveuglantes, les lourds parfums asiatiques, les comparaisons multipliées » ; et, dans *saint Julien l'Hospitalier*, « les litanies interminables de noms et de costumes ». Il ajoute que Flaubert en quelque sorte, ayant retrouvé des notes d'autrefois, n'a pas voulu les perdre.

(2) Voir dans le *Roman naturaliste* de M. Brunetière, l'étude consacrée à Flaubert, le 15 juin 1880, au lendemain de sa mort, « sans esprit de flatterie et sans intention de dénigrement ».

(3) *Roman naturaliste*, p. 31.

faite et de la lecture continuelle. « Au fond », lui disait-elle, « tu lis, tu creuses, tu travailles plus que moi et qu'une foule d'autres ; tu es plus riche cent fois que nous tous ; ... mais, bêta, nourris-toi des idées et des sentiments : les mots et les phrases, la *forme* dont tu fais tant de cas, sortira toute seule de ta digestion. Tu la considères comme un but : elle n'est qu'un effet ». Flaubert mourut sans avoir cédé à tous ces conseils de son amie.

⁂

L'année même qui suivit la disparition de cet amoureux passionné des lettres et de « l'art pour l'art », cette Tunisie où il avait eu tant de bonheur à faire une courte excursion (1), cessait d'être libre, ou du moins vassale de la Porte ; les armées françaises établissaient le régime du protectorat ; un général français avait sur le sol punique l'autorité des Hamilcar ; les révoltes de quelques fanatiques étaient assez vite domptées. Dans ces dernières années, l'attention s'est reportée sur le chef-d'œuvre du grand

(1) Tissot mourut, en 1884 ; il avait pu retourner en Tunisie en 1876 et en 1879.

romancier. « Ce travail archéologique », au sujet duquel il avait peu sincèrement affirmé qu'il n'avait « aucune prétention à l'archéologie », devenait le motif d'un bel opéra — paroles de M. du Locle, musique de M. Reyer, — qui a été applaudi d'abord à Bruxelles en 1890, puis à Paris en mai 1892. Les quinze chapitres de *Salammbô* ont donné un livret de cinq actes et huit tableaux. Je me souviens qu'un journal critiquait les décors du Théâtre de la Monnaie, le Moloch « semblable au bœuf gras pendu à « l'étal d'un boucher, les génies assyriens tenant le « seau et présentant la pomme », et les sénateurs de Carthage « habillés en Birmans ». Quant aux journaux satiriques, ils ont eu, comme d'habitude, beau jeu à caricaturer le livret, la mise en scène, les costumes de l'opéra de M. Reyer. Il est certain que l'on ne peut, malgré l'admirable talent du maître qui a su interpréter l'âme de Salammbô et celui de la grande artiste qui saluait le vol des colombes d'Astarté, s'empêcher de se rappeler les termes dans lesquels Flaubert, parvenu au bout de son œuvre d'archéologue, défiait les dessinateurs de reproduire « un fauteuil carthaginois ». Néanmoins, dans le programme de la représentation de gala, offerte à Paris, en octobre 1893, aux officiers russes de l'escadre Avellan, le Tableau de *la Terrasse*, le plus poétique morceau de la *Salammbô* de M. Reyer, figurait à juste titre. Après l'opéra, aurons-nous un jour l'édition illustrée contre laquelle Flaubert se révoltait. « Plutôt rengaîner le manuscrit », disait-il avec colère. Et cependant la librairie Lemerre ne met-elle pas déjà en vente huit belles eaux-fortes, dessinées et gravées par M. P. Vidal, pour illustrer *Salammbô* (1) ? Les Revues ne signalent-elles pas, tout récemment encore, une jolie suite d'aquarelles d'Andhré des Gachons, et « un revêtement d'un luxe indicible, préparé par M. Victor Prouvé pour une édition à venir » (2) ?

Si ces notes, prises dans la Correspondance de Flaubert, pouvaient montrer combien l'auteur de *Salammbô* a été, surtout comme il a cherché à être (et à paraître même) épris des choses archéologiques, j'aurais atteint le but que je m'étais proposé. On a vite fait de dire que c'est une très belle œuvre littéraire ; ou encore un roman presque illisible à force d'être ennuyeux, ou enfin un mélange de narrations épiques, de belles descriptions fantastiques, de comparaisons curieuses. Rendons-nous compte de toutes ses recherches érudites, du mal qu'il s'est imposé et

(1) Et sept de M. Boilvin pour *Madame Bovary*.

(2) Voir l'article de Roger Marx dans le numéro de la *Revue Encyclopédique* (Larousse) du 15 février 1894. Voici la description de cette reliure, qui est reproduite. « Ici Salammbô défaille sous la caresse enlaçante du Python ; là, Moloch rougeoie comme un géant ensanglanté : au centre, Tanit est à demi voilée par le zaïmph qui se déploie sur les plats en plis sinueux ; des cuivres de grand caractère, repoussés et émaillés par M. Camille Martin, garnissent les angles ».

de ce double travail d'art et de science dont témoigne *Salammbô*. M. Brunetière, qui ne cache pas son admiration pour *Madame Bovary*, reconnaît du moins que le grand artiste de Croisset était « très habile, et même consommé dans la pratique de son art : aussi trouve-t-on profit », ajoute-t-il, à lire le roman de la fille d'Hamilcar et à y voir l'application de la théorie de « l'Art pour l'Art ».

Pierre Loti, l'un des écrivains qui en ont tiré le plus grand profit, disait, dans son discours de réception à l'Académie française en avril 1892, qu'il ne lisait jamais, « par paresse d'esprit, par frayeur inexpliquée de la pensée écrite, par je ne sais quelle lassitude avant d'avoir commencé. Ce qui n'empêche », ajoutait-il, « que, si j'ai par hasard ouvert un livre, je suis très capable de me passionner pour lui, quand il en vaut la peine ». Le directeur de l'Académie, M. Mézières, lui répondit : « Vous qui ne lisez rien, vous avez lu Flaubert : une affinité inconsciente, un instinct mystérieux vous attiraient sans doute vers lui ». Qu'il ait lu cette *Salammbô*, dont la préparation a coûté tant de travail, et de travail archéologique, à son auteur érudit, c'est ce dont témoigne notamment une phrase citée deux fois dans *Mon frère Yves*, d'abord au chapitre 82, où est décrite la Mer de Corail, puis au milieu du dernier chapitre, où Yves revoit une chapelle antique « rongée de mousse, barbue de lichens », un lac d'eau marine et des îlots de granit (1). « L'exotisme, quand il est sincère », a dit un critique (2), « garde un charme particulier, un charme pénétrant et attristant : je n'en veux pour preuves que certaines pages de Gautier, *Salammbô*, les deux volumes de Fromentin sur le Sahel et le Sahara, les romans de Loti ».

Foix, Juin 1894.

(1) « Et les Celtes regrettaient trois pierres brutes, sous un ciel pluvieux, au fond d'un golfe rempli d'îlots ».

(2) Jules Lemaître, *Contemporains*, 3e série p. 100.

www.ingramcontent.com/pod-product-compliance
Ingram Content Group UK Ltd.
Pitfield, Milton Keynes, MK11 3LW, UK
UKHW020922180726
13838UKWH00002B/704

9 782329 389271